ままならない陰陽師

希代の天才と狐憑き

寺崎　昴

illustration : 笠井あゆみ

ままならない陰陽師

希代の天才と狐憑き

——某年十月下旬、東京都《とうきょうと》、新宿《しんじゅく》某所。

カーボンヒーターを連想させる真っ当な橙色《だいだい》ではなく、視界全体が青みがかった奇妙な色彩の夕暮れ時。先程までがやがやと喧騒《けんそう》が聞こえていたのに、彼が足を一歩踏み出した途端、水を打ったかのように辺りは静まり返った。

静寂の中に佇《たたず》むは、先月二十一歳になったばかりのうら若き陰陽師《おんみょうじ》、門蔵龍明《かどくらりゅうめい》だ。

すっきりとしたショートの黒髪に切れ長の目が涼しげな印象を与える色白の美男子で、クリーム色のハイネックニットと白のスキニージーンズというシンプルな出《い》で立ちだが、却《かえ》ってそれが彼の素材のよさを引き立てている。

特段変わりのない街のように見えるが、ここは龍明のつくりだした位相空間だ。普通の人間は入れず、俗にいう妖《あやかし》や神といった異形《いぎょう》だけが抽出された空間で、そこでは龍明の姿もほんの少し変化する。

纏《まと》う衣はカジュアルな洋服から深緋《こきひ》の狩衣《かりぎぬ》へ。

そして何より目立つ変化が、その黒髪だ。項《うなじ》までしかなかった短髪は見る見るうちに伸びていき、あっという間に絹糸のようなロングヘアへと変貌した。「六根清浄《ろっこんしょうじょう》、急急如律令《きゅうきゅうにょりつりょう》」

尻を隠すほど長く伸びた髪を項で緩くまとめ直しながら、龍明は己の感覚を研ぎ澄ませるべく呪文を唱えた。鋭くなった聴覚に、さっそく異形の気配が飛び込んでくる。

右にひとつ、左にふたつ。

龍明は懐から人の形をした紙を三枚ほど取りだすと、口の中でぶつぶつと先程とは別の呪文を唱え、ふっと息を吹きかけた。すると、紙は生き物のようにもぞもぞと動きだしたかと思えば、やがて真っ白な狼《おおかみ》となり、龍明が見つけた異形の元へと一目散に飛んでいった。

これが、龍明の識神操《しきじんぞう》だ。依《よ》り代《しろ》となる札に使役する鬼神を下ろし、手足のように操る。並の陰陽師なら低級の妖しか扱えないが、龍明の識神は高級とされる白狼の群れだ。その辺にいる妖程度ならば、白狼の遊び道具にすらならない。

しばらくして、物陰からぎゃっと悲鳴のような声が聞こえ、青い炎が三つ上がった。

「やはり雑魚だったか」

龍明はふんっと鼻を鳴らし、戻ってきた識神の現界《げんかい》を解いた。狼たちは再び紙となり、龍明の懐へと滑り込んでいく。

そしていつの間にか、街はいつもどおりの喧騒を取り戻し、龍明の服も元通りになっていた。


「ただいま戻りました」

都心から少し離れた閑静な住宅街の中に、塀で囲われた古風な日本《にほん》家屋がある。門をくぐり、広い前庭を抜け、ようやく玄関へと辿《たど》り着く。

表向きは書道教室として居を構えているものの、実際の生業《なりわい》は、安倍晴明《あべのせいめい》を祖とし、代々続く陰陽師だ。それが、龍明の生家、門蔵家である。

元は土御門《つちみかど》の姓を名乗っていたが、明治《めいじ》に入った途端、陰陽師の力を認めなくなった政府が天社禁《てんしゃきん》止令《しれい》を発し、土御門家の取り潰しを図ったため、改姓したのちはひっそりと、ではあるが裏社会で暗躍することとなった。

しかし最近では、皮肉なことに、その政府から妖退治を要請されることもしばしばだ。先程龍明が倒した妖もそうだった。

「龍明、ちょうどよかった。少しお話があります」

家に帰るなり、母が慌てた様子で龍明を呼んだ。同様に六つ下の弟の有星《ゆうせい》も呼ばれており、ふたりは母の後について父の待つ奥座敷へと向かう。

「何かあったのでしょうか？」

有星が不安げに訊《き》いた。

「さあな。私も何も聞いていない」

「兄さんも？　でも、妖関連の緊急事態なら僕が呼ばれるわけがないし……」

ぶつぶつと小声で言う有星に、龍明は眉を寄せて答える。

「すぐにわかることだ。考えたところで無意味だろう」

「ご、ごめんなさい」

びくっと肩を震わせ、有星が謝った。

別に怒ったわけではないのに、いつもこうだ。何事にも動じない龍明と違い、有星は臆病で警戒心が強い。自虐気味で常に周囲に謝罪をしている。それが却って相手を苛《いら》つかせていることに、本人は気づいていない。「謝るな」と言ったところで、返ってくるのはまた「ごめんなさい」なのはわかりきっているので、龍明はもう何も言わない。

「失礼します」

母に倣《なら》って深々と頭を下げ、奥座敷の襖《ふすま》が開くのを待つ。やがて、「入れ」と父の声がしたかと思えば、見えざる者の手によって襖がさっと開いた。父の使う識神の仕業だ。

「中へ入れ。お前たちに紹介したい者がいる」

そう言われ、ぱっと顔を上げると、父の隣にパーカー姿の見知らぬ青年がひとり、座っていた。いや、正確にはひとりではない。彼の膝の上には、真っ黒な猫が丸まっていた。

「こ、こんにちは。初めまして。御占千晴《みうらちはる》って言います」

青年が緊張した面持ちで、頭を下げた。

銀鼠《ぎんねず》色のツーブロックヘアに、空色の瞳。体軀《たいく》は一七五センチの龍明よりもひと回り大きく、まくった袖から見える腕は筋肉質だ。名前は日本名だが、日本人らしからぬ容貌に、龍明は訝《いぶか》しげに目を細めた。

「こっちは俺が飼ってる猫の雲母《きらら》ッス。俺と三ヶ月違いで、夏になったらこいつのほうが先に二十歳になります。もうかなりおじいちゃんで、寝てばかりなんスけど」

「あら、随分長生きね。猫又になれそうだわ」

母が言うと、千晴は嬉《うれ》しそうに目尻を下げ、へへっと笑った。

「そうなってくれたらいいなって」

随分と人懐っこい笑みだった。大型犬を思わせる人相に、低いが柔らかみのある声。いかにも人誑《ひとたら》しといった風体だ。

「千晴くん、これが息子の龍明と有星だ。歳《とし》は二十一と十五だから、君はあいだだな」

「ふたりとも滅多に見ないくらいかっこいいッスね」

空色の瞳をキラキラさせながら、千晴が言った。

「それで、この方は一体？」

龍明はそれに特に反応も返さず訊いた。

客を通す表座敷ではなく、家族が使う奥座敷に通したということは、彼も陰陽道に関わる人間なのだろう。猫又のことを冗談と受け取らないのもその証拠だ。

「ああ。実は、彼の父方の祖先が、どうやら阿倍《あべ》家の傍系のようなんだ」

父の言葉に、龍明はわずかに目を見開いた。

「傍系に御占という姓は聞いたことがありませんが」

「ああ。だが、連絡のあった昨日は鬼宿日《きしゅくにち》だ。それに、彼には霊力がある。五芒星《ごぼうせい》の宝剣も持っていた。これには間違いなく晴明様の霊力が宿っている」

父が目の前に全長五十センチほどの煌《きら》びやかな剣を置いた。刃と柄《つか》には陰陽師の象徴である五芒星が刻まれている。確かに、それには特別な力が宿っているようだった。

「すごい……。とてつもない霊力が圧縮されて封じ込めてある」

有星が瞳を輝かせた。触りたそうにそわそわしているのを見て、「持ってみる?」と千晴がニッと笑って言った。

「いいんですか?」

どんな力が込められているかわからないものを未熟な者が不用意に触ろうとするなど、龍明には考えられないことだ。「有星」と名前を呼び咎《とが》める。

「あ、ごめんなさい」

伸ばしかけていた手を引っ込め、有星はいつものように謝罪の言葉を口にした。

「別に大丈夫だよ。天道《たかみち》さんも普通に触ってたし」

天道というのは父の名だ。無害をアピールするように、千晴が宝剣を持って差しだす。ちらっと有星が龍明のほうを見て、それから膝の上で拳《こぶし》を握った。

「いえ、大切なものですし、僕なんかが触っちゃダメですよ」

「そんなことないのに」

千晴が少し不満そうに龍明に視線を寄越した。有星が恐縮しているのを、龍明のせいだと思っているようだった。

「ところで、御占さんはどのようなご用件でうちへ？」

その視線を受け流し、龍明は本題へ戻そうと話を振った。

「ああ、えっと、実は――……」

千晴の話はこうだった。

日本人の父と、ロシア人の母を持つダブルとしてこの世に生を受け、雲母とともに一般的な家庭でごく普通に育てられていた。が、三歳の頃に両親が海外で事故死したため、それまで一度も会ったことがなかった父方の祖父母に引き取られることになったという。

そこでも一般人として育てられ、しかし中学のときに祖父が、高校途中で祖母が他界し、天涯孤独の身となってしまった。両親は駆け落ち同然で家を出たため、母方の親族のことは何も知らず、頼る当てはなかった。遺産は微々たるもので、大学へ行くほどの資金も援助もなく、高校を卒業したあとはバイトでなんとか食い繋《つな》ぐ日々を送っていたそうだ。だが、先日バイト先でうっかりミスをし、その補塡に数十万円が必要になってしまったという。もちろん手元にそんな大金があるはずもなく、千晴はとうとう祖父母の家を売ることにした。

そして、つい一週間ほど前。掃除している最中、祖父の部屋から五芒星の宝剣を見つけ、そこでふと祖父の言葉を思い出した。

――千晴。お前はほかの人とは違う血筋の人間だ。何かあったら、これを持って××という書道教室へ行きなさい。

肝心の書道教室の名前を忘れてしまっていたせいで、門蔵家を探すのに手こずったが、一週間かけて都内にある書道教室に手あたり次第に連絡を取り、昨日やっとここを見つけたという。

「小さい頃から妖は見えてたんで、陰陽師が実在しているって聞いても全然不思議じゃなかったんスけど、まさか自分にも霊力？　なんてもんがあるなんてびっくりッスよ」

敬語に慣れていないのか、随分と聞き苦しい喋《しゃべ》り方に、龍明は顔をしかめないようにするのに苦労した。苦手なタイプの人間だ。千晴との会話はなるべくしたくない。

「なるほど。お祖父《じい》様の遺言で門蔵を頼られたということですか。そして父さんは彼に援助をするつもり、と」

嫌な予感とともに訊くと、父は静かに頷《うなず》いた。

「ああ。年々陰陽師も減ってきているからな。彼はまだ呪術や異能について何も知らないようだが、潜在能力は直系と比べても劣らなそうだし、目もいい。住むところもまだ見つかってないと言うし、うちで預かって育てることにした」

父の決定に、さすがの龍明も眉をひそめる。嫌な予感がさらに膨らむ。

「そこでだ、龍明。千晴くんの指導をお前がやりなさい。代わりに千晴くんにはお前の付き人になってもらう。それを彼の仕事にしよう」

当主の言うことは絶対である門蔵家に、否はない。背筋を伸ばし、拝命する。

「はい」

「千晴くん、龍明は晴明様以来の希代の天才と言われる実力者だ。その背中を追って励むように」

「わかりました」

「有星。もうひとり兄ができたと思って一緒に励むように」

「はい、父さん」

有星もピンと姿勢を正し、こくりと頷いた。

「よろしくお願いします、龍明さん、有星くん」

人好きのする笑顔で、千晴がにじり寄って握手を求めてくる。父の手前、拒否はできない。龍明は真顔のまま、千晴の手を握り返した。カサカサして、触り心地の悪い手だった。

「こちらこそよろしくお願いします。御占さん」

「あっ、俺のほうが年下なんで、敬語はなしで。それに、千晴でいいッスよ」

「では、千晴、と」

言われたとおり下の名前で呼ぶと、千晴はさらに笑みを深めた。何がそんなに嬉しいのかわからないが、天涯孤独の割にお気楽そうで羨《うらや》ましい。見ず知らずの家に上がり込んで、衣食住も整えてもらって恐縮しないとは、あまりに厚顔無恥だというのに、よく笑っていられるものだ。さりげなく手のひらをズボンで拭いながら、龍明はそんなことを考えていた。

「有星くんも、千晴でいいよ」

「はい。よろしくお願いします、千晴さん」

有星はやや緊張した面持ちだが、嬉しそうに握手に応えている。

「客間のひとつを千晴くんの部屋にしよう。龍明、案内してやりなさい」

「はい」

立ち上がり、千晴をくいっと顎で呼ぶ。

「龍明さんっていつもあんな感じなの？」

千晴がこそっと有星に訊くのが聞こえた。その質問に答えづらそうに、有星がこちらを見た。

「兄さんは、その、真面目で優秀だから、感情を表に出すような愚かなことはしません」

「へえ、そうなんだ」

頷きながらも、千晴は首を傾《かし》げた。

「有星、お前は部屋へ戻っていろ」

龍明が言うと、有星はびくっと身体を竦《すく》ませ、また「ごめんなさい」を言ってから、奥座敷を出ていった。

「兄弟仲悪いんスか？」

廊下を歩きながら、千晴が訊いた。

「いや。喧嘩《けんか》はしたことがない」

声を荒げて怒ったこともなければ、無視をした覚えもない。それなのに、いつも勝手に有星が謝ってくる。

「なるほど」

頷くくせに、千晴の顔にはまたもや疑問符が浮かんでいる。

「でもいいなあ。俺、ひとりっ子だから、兄弟がいるの羨ましい」

「そうか」

おざなりに相槌《あいづち》を返し、歩くスピードを少しだけ上げる。とっとと案内して、この男から解放されたい。

雲母は年の割に健康そうで、千晴の足元にぴったりとくっついて歩いていた。父が追い出せとも言わなかったので、この猫もまとめて預かるつもりなのだろうが、家を荒らさないか心配になる。家具や畳で爪を研がれたら堪《たま》ったものではない。

「この部屋だ」

客間は本邸ではなく、外廊下を渡った離れにある。本間六畳でやや狭いが、寝るだけならば十分だろう。

「うわぁ、めちゃくちゃいい部屋！」

千晴が子どものようにはしゃいだ声を上げ、敷居を踏みながら中に入っていく。

「敷居と畳の縁《へり》は踏むなと教わらなかったのか」

龍明が静かに言うと、千晴はきょとんと首を傾げた。

「なんで？」

「日本の作法だ。そこを踏むと傷みが早くなる。それに、うちの畳縁は紋縁《もんべり》だ。家紋が入っているから、それを踏むということは門蔵家を侮辱するのと同義だと覚えておけ」

「うわっ、ほんとだ。家紋が入ってる……」

いつの間にか、千晴の敬語はすっかり抜けていた。中途半端な気持ち悪い敬語よりはマシだと、龍明はあえて指摘しないでおくことにした。

そしてお手本を見せるべく、敷居と畳の縁を避《よ》けて部屋に入った。雲母も龍明に続き、縁を飛び越えて入ってくる。

「猫のほうが賢いな」

思わず鼻で笑う。すると、千晴がまじまじと龍明を見つめ、言った。

「感情を出さないって話だったけど、笑うことは笑うんだ」

その目を見ていると強烈な不快感が湧いてきて、龍明は眉間にしわを寄せた。それから千晴の視線の圧に耐えられず、ふいっと顔を背けてしまった。負けたような気がした。そんなふうに思った自分に驚き、龍明はますます眉間のしわを深くした。

「荷物は？」

苦し紛れに、別の話題を振る。

「あ、それはもう持ってきた。お手伝いさんに預けてあるから、あとで取ってくる」

大方《おおかた》、電話で話した際に父は既に千晴を引き取ることを決めていたのだろう。それにしても手荷物だけで引っ越せるとは、龍明には想像もできない暮らしぶりだ。しかしそこには触れないでおく。千晴のことを知りたいとも思わなかった。

「そうか。必要なものがあれば言うといい。常識の範囲なら買ってもらえる」

「助かるよ」

ほっとした顔で、千晴が胸を押さえた。

「そういえば、雲母のことだけど、部屋から出さないほうがいい？　おとなしい子だから、暴れたりはしないいんだけど」

「爪研ぎや粗相は？」

ちらりと雲母を見遣《みや》ると、座布団の上で毛繕いを始めていた。初めて来る場所なのに、もう馴染《なじ》んでいる。

「決まった場所でしかしないよ。本当に賢いんだ。自分のことを人間だと思ってるみたい」

確かに、人の言葉がわかるような行動を取っていた。物《もの》の怪《け》の類《たぐい》かと疑って注視してみるものの、その気配はない。ただ単に知能の高い猫というだけなのだろう。

「今まではどうしていた？」

「ずっとうちの中で自由にさせてた。勝手に外に出ることもないから、病気も持ってないよ」

ばちりと雲母と目が合った。毛繕いを終え、無害をアピールするように香箱座りになる。そして

「にゃあん」とか細い声で鳴いた。

「じゃあここでも自由にさせたらいいんじゃないか。駄目なら父が何か言うだろう」

「いいの？　そこの庭とかも？」

中庭を指して、千晴が訊いた。

「粗相をしない限りはな」

龍明が答えると、千晴はしゃがんで雲母に話しかける。

「よかったな、雲母！　俺、頑張《がんば》って働いて、いいモン食わせてやるからな！」

「にゃおうん」と先程よりも力強い声で、雲母が返事をした。やはり言葉がわかっていそうだ。

それからさっそく千晴は荷物を運び込み、龍明は部屋が整い終わるまで手伝うでもなく縁側で待つことにした。もちろん普通に待つのではなく、方術《ほうじゅつ》の精度を上げるための訓練を行う。時間を無駄にするのは門蔵家の跡取りとして許されることではない。

庭の草木を手で触れることなく編み、ピンポン玉ほどの大きさのボールをつくって雲母の前に投げる。眠っていた雲母はボールの気配に片目を開け、しかしすぐ興味がなさそうにまた目を閉じてしまった。気に入らなかったらしい。狩猟本能がなくなっているのかなんなのか、まったく猫らしくない猫だ。

雲母を遊ばせるのは諦め、龍明はつくったボールを手元に呼んで、指先で己の名を刻み息を吹きかけた。すると途端にボールは形を変え、人型になる。草木を依り代に、小鬼の魂を中に入れたのだ。

小鬼は身体ができたことに喜んで、廊下を走り回った。

今度は椿《つばき》の花を一輪取って、その中にまた小鬼の魂を入れる。次は水仙を、その次は金木犀《きんもくせい》と銀木犀の枝葉を、と庭の植物をどんどん小鬼にしていく。

「何してるんだ？　ってか、何このちっこいの。鬼？」

荷物の片づけが終わったのか、千晴がぬっと上から覗《のぞ》き込んできた。上背があるぶん、迫力というか、圧迫感がある。

「小鬼を使役している。一度に使役する妖の数を増やす練習だ」

「へえ！　十匹以上いるな。頭に草花がついててかっわいい！　さすが希代の天才陰陽師」

ストレートに褒められると、逆に厭味《いやみ》ったらしく聞こえる。

バラバラに動いていた小鬼を軍隊よろしく整列させ、ほかの客間の掃除を命令する。小鬼たちは見る見るうちに手のひらサイズから五歳児ほどの大きさになり、慌てて掃除道具を探しに行った。

「霊力を鍛えると、こんなことまでできるんだ。すっげぇ……」

口をぽかんと開いた阿呆面《あほうづら》で、千晴が小鬼たちの背中を眺める。

「本当に見えているんだな。妖が」

正直、半信半疑だった。いや、もっと言えば、見えるのではなく気配だけ感じて、それを見えると主張しているだと決めつけていた。

門蔵の血筋の者でも、妖が見える確率は半々だ。しかも、見えるといってもぼんやりとした黒い靄《もや》にしか見えないというのが大多数で、先程の千晴が言ったように子細な造形まではっきりと見える者はごくわずかしかいない。

「疑ってたんだ」

「普通の人間にははっきりと見えないからな。有星だってお前ほどには見えていない」

うちで妖をはっきりと見ることができるのは、父と龍明のふたりだけだ。母は黒い靄にしか見えておらず、有星は使役する妖以外は輪郭までしか見えないという。それでも見えているのだから、仕事にはなんら支障ないはずなのに、有星は妖退治の仕事に消極的だ。自分にはできないと最初から諦めて、十五歳になるというのに未だ単独での仕事をしない。

ちなみに、龍明が初めてひとりで妖退治をしたのは八歳のときだ。それからはずっとひとりで門蔵家の仕事の半分を担っている。

「ふうん。陰陽師ならみんな俺と同じかと思ってた。じゃあ、あんまり見えない人は大変だね」

大変、という言葉になんら重みを感じなかった。本当にその差がどれほどのものか千晴はわかっていないのだろう。

門蔵家は、厳格な実力主義だ。もし妖が見えない場合は、長子だとしても跡継ぎにはなれない。実際、父の兄がそうだった。長子にも拘《かかわ》らず、妖の気配を感じることしかできなかったせいで、成人後は傍系の家に婿入りさせられたという。門蔵にとっては無用な跡継ぎ争いを避けるため、そして傍系にとっては直系の血を取り入れるため、どちらにもメリットのある交渉だった。そこに本人の意思を挟む余地などない。

日本中にいるすべての陰陽師を束ねる頂点に君臨し続けるには、そのくらいの献身は当たり前のことだと、龍明はそう理解している。もし自分が伯父の立場だったら、家のためには仕方のないことだと受け入れるだろう。

しかし、龍明は陰陽師としての並々ならぬ才覚を持っている。その力に見合うだけの功績を挙げ続けなければならない義務がある。自分ほどでなくとも、妖に対峙《たいじ》できる力がある者は、須《すべから》く家のために役立つべきなのだ。弟も然《しか》り。

兄弟仲は悪くない。だが、よくもない。

それはきっと、有星が己の力を正しく振るおうとしないことに起因している。

「お前は見えるのだから、その目を正しく使えよ」

龍明が言うと、千晴はきょとんと子どものように首を傾けた。

「できるかどうかはわからないけど、龍明さんが教えてくれるなら、頑張るよ」

小鬼たちが掃除道具を手に戻ってくる。箒《ほうき》と塵取《ちりと》り、それから雑巾と水の入ったバケツ。

「おお〜、すごい」

千晴は感嘆の声を上げ、小鬼たちを見守った。しかし、バケツを持っていた一匹が躓《つまず》いて、盛大に水を廊下にぶちまけてしまった。水仙の小鬼だ。小鬼ははっとした顔で龍明を振り返った。

ぱちん、と龍明は指を鳴らした。そうすると、ひっと息を呑《の》む声がして、水仙の小鬼の姿が塵にな

った。

「それも掃除しておけ」

ほかの小鬼に指示し、龍明は立ち上がった。

「なんで消したんだ」

怒った顔で、千晴が龍明の肩を摑《つか》んできた。何をそんなに怒っているのかわからなかった。

「足手纏いだっただろう。必要ないから消したまで」

「だからって何も、」

ふたりの言い合いに、おろおろと小鬼たちが顔を見合わせた。それに「いいから掃除をしろ」と命令する。

先程までののほほんとした雰囲気ではなく、怒気を孕《はら》ませた千晴に、龍明は少しだけ面食らう。生まれてから今まで、こんなふうに直接的な敵意を間近で浴びたことがなかったせいもある。

パシッと千晴の手を叩《たた》き落とし、龍明は鋭い視線を返した。

「勘違いしているようだが、殺してはいない。異界に送り返しただけだ。使役しないときは、調伏した妖や物の怪たちは皆そこにいるものだ」

これから仕える師だというのに、千晴の態度は目に余る。一度しっかり上下関係を叩き込まなければならない。

「えっ、あっ、そうなの？」

「そんなことも知らないで私に楯突《たてつ》こうとするな。己の無知を棚に上げて私に害をなそうとするなど言語道断。ほかの者が見ていたら消えるのはお前自身だぞ。門蔵の次期当主という立場がどれほどのものか、お前はまったくわかっていない。それから、いちいち感情を表に出すな。陰陽師は常に冷静沈着であるべきとされている。まずはその落ち着きのない性格を直せ」

冷たい声でつらつらと説教をされ、千晴は大きな図体をしょぼしょぼと縮めた。

「ご、ごめんなさい……」

心から申し訳なさそうな謝罪に、これ以上言っても無意味だと、龍明はまたぱちんと指を鳴らした。

カランカランと音を立て、小鬼たちが持っていた掃除道具が床に落ちた。

「反省ついでにお前が部屋の掃除の続きをしろ。そのあいだに自分の立場をよく考えておけよ」

「わかった」

「わかりました、だ」

「わかりました！」

雲母が呆《あき》れたように鼻を鳴らし、座布団から縁側へと移動した。静かにしろと言わんばかりに、尻尾でぺしぺしと床を叩いている。

「終わったら本邸の私の部屋へ来い。場所はその辺にいる小間使いにでも訊け」

「はい！」

威勢のいい返事を寄越し、千晴はさっそく雑巾を手に、濡れた床を拭きはじめた。

「何か穢《けが》れでも入ったのですか？」

龍明が自室の部屋前に護符を貼っていると、有星がやって来てそう訊《たず》ねた。

「いや。少し気が乱れたからな」

先程の千晴を思い出し、眉間にしわを寄せる。それですべて察したのか、有星が眉尻を下げて苦笑した。

「ああ。千晴さんですか」

「あれの教育は少し骨が折れるかもしれない」

素直なのはいいが、考えるより先に手が出るタイプだ。感情を中心に生きている野生児のような男は、はっきり言って嫌いだ。

「珍しい、ですね。その、兄さんがそこまで言うのは」

有星が言葉を慎重に選びながら訊いた。

「まあ、確かにな。だが、目は本物だった。お前もうかうかしていないで励めよ」

「は、はい。ごめんなさい」

普段なら有星の謝罪は無視するのだが、先程千晴の「ごめんなさい」を聞いたばかりで、龍明の心にチリッと火花が散った。気が乱れているのはわかっていたが、止められない。

「取ってつけたような謝罪はやめろ。お前の謝罪には誠意どころかなんの意味もない。思ってもいないことを口にするな」

なるべく淡々とした声で、龍明は言った。有星の目が、はっと見開かれた。そしてすぐに潤んでいく。

「ご、ごめ、」

また言いかけて、慌てて口を閉じる。視線はおろおろと宙を泳ぎ、唇は血の気が引いて青白くなっていく。そこまで怯《おび》えることでもないだろうに、と有星の態度がさらに龍明の心に火花を起こした。

「そうだ。それでいい。意味のない謝罪は相手にとって不愉快だ。それに、己を無意味に下げるな。門蔵家の者がそんな弱腰でどうする。それではあの男にも舐《な》められるぞ。お前のせいでうちの品位が下がったらどうする」

「あ、その、僕……、ご、」

「謝るな」

遮って、強い口調で言った。

言ってから、有星にここまで感情を剝《む》きだしに怒ったのは初めてだったと気づく。気持ちを表に出すべきではないと千晴に説教しておいて、自分の矛盾に反吐《へど》が出そうだ。

ふう、と深呼吸をしてから、龍明は有星の背中を叩いた。

「お前は陰陽師としての才を十分に備えている。卑下するな。背筋を伸ばせ」

ぐすっと洟《はな》を啜《すす》ってから、有星が「はい」と返事をした。まだまだ弱々しい声だが、謝らなくなっただけマシだろう。

「明日はどこぞの重鎮から鎮宅祭《ちんたくさい》の依頼を受けている。霊符《れいふ》の準備はお前に任せる」

いつもどおり落ち着いた声で龍明が言うと、有星はしっかりと頷いて隣の自室へと入っていった。

そしてそれから程なくして、掃除を終えた千晴が小間使いの妖に連れられて部屋へとやって来た。敷居と畳の縁は踏まないという作法は覚えていたようで、そうっと歩みを進め、何が珍しいのか、きょろきょろと部屋を見回しながら、座卓の前に腰を下ろす。

「びっくりしたんスけど、ここのお手伝いさんってみんな妖なんスね。ここに来て初めて会ったのも、実はそうじゃないかな〜って思ってたけど」

立場を考えておけとは言ったが、今さら妙な敬語に戻されても気持ちが悪い。

「お前、今までどうやって生きてきたんだ。よくそんな敬語で社会に出られたな」

「あ、やっぱり変スか？　バ先、コンビニとか引っ越し会社とかだったんで、あんまり厳しく言われなかったんスけど、たまにお客さんに言われたな〜。ガイジンだから日本語おかしいのかって。いや、俺生まれも育ちも日本だからロシア語も英語も喋れないし！」

思わず、龍明の口からため息が零《こぼ》れる。バ先というのはバイト先という意味だろうか。文脈でなんとなく察しはついたが、千晴と会話をしていると頭が痛くなりそうだ。

「もういい。敬語は使うな。聞いていると耳が腐りそうだ」

「そんなに？」

傷ついたような表情で、千晴が胸を押さえた。リアクションもいちいち大袈裟《おおげさ》だ。

「じゃあ、遠慮なくタメ語で話すけど、これから俺は何を教えてもらえばいい？　っていうか、陰陽師がどういう仕事をしてるのか、全然知らないんだけど」

「まずはそこからだろうな。それと、ひとまずもう少し声のボリュームを下げて喋ってくれないか。うるさすぎて不愉快だ」

額を押さえて言った龍明に、「サーセン」と千晴が小声で言った。サーセンが何を意味するのか咄嗟《とっさ》にはわからず、龍明は「は？」と訊きかえす。「すみません」と千晴が言い直したのを聞いて、ようやく理解する。千晴の言葉は難解だ。それとも自分のほうが無知なのだろうか。やはり頭が痛くなってきた。

緩くかぶりを振ってから、龍明は説明を始める。

「まずは歴史の勉強をしろ。ざっくりとした概要は口頭で説明するが、詳細は書物のほうがいい。それが終わったら方術の効率的な使い方を教える。妖が見えていたなら、多少は方術の使い方も知っているだろうが……」

「方術って？」

「研鑽《けんさん》を積んだ者が使える力のことだ。その源を霊力という」

「ああ、魔法みたいなものか。そんで、魔力が霊力」

そう言ってから、千晴はうーんと首を傾げた。

「なんだ、使ったことがないのか」

だったら今までどうやって無事に生きてきたというのだろう。見えているとわかれば、妖は寄ってくるものだ。

「使ったことがないというか、使う前になんとかなるというか」

「どういうことだ？」

はっきりしない物言いに、龍明は若干苛立ちを込めて訊く。感情を荒立てないようにしなければならないのに、千晴に対してはどうもちょっとしたことで逆撫《さかな》でされた気分になる。

「えっと、たとえば、こっちの道は入ったらやばそうとか、そういうのが感覚でわかるんだ。遠回りして後ろを振り返ったら、本当は通るはずだった道に妖がいたり、事故が起きてたり」

「方違《かたたが》えを無意識にやっているということか？」

にわかには信じられない返答に、龍明は眉を寄せた。

「かた……何？」

「方違えだ。簡単に言えば、凶神がいる方位には行かないよう、占術《せんじゅつ》によってルートを変えることを言う。私たち陰陽師は、吉凶を占術で視《み》てから行動を決める。そうすれば不運には遭わないからな。だが、お前のように感覚だけで方違えをできる人間はあまり聞いたことがないな」

「へえ、そうなんだ。龍明さんはそういう感覚ないの？」

ないと答えれば千晴よりも劣っていると認めるようで、龍明は口を噤《つぐ》んだ。だが、沈黙したところで事実が覆るわけでもない。はあ、と今日何度目かのため息を吐《つ》き、龍明は答えた。

「ない。だから占術をする」

「その占術ってやつも教えてもらえるの？」

千晴の空色の目が輝く。

「……ああ。お前には必要なさそうだがな」

「そんなことないよ！　占術を覚えれば、自分以外の人のカタタガエ？　ってやつもできるようになるんだろ？」

力を他人のために使うという選択肢が自然と出てきた千晴に、龍明は一瞬怯《ひる》んだ。純粋な善意というものを直《じか》に浴びせられた気がした。

出会って数時間しか経《た》っていないのに、龍明はもう千晴のことが嫌いだと感じている。

それはおそらく、あまりにも千晴が陽すぎるからだ。

物心つく前から、龍明は陰の気が強いと父に言われていた。物静かで理性的。父に反発したことは一度もない。だが修練には意欲的で、教えられたことはどんどん吸収していった。己を限界まで追いつめることもざらで、死にかけては母を何度も泣かせた。

それでも未だ、研鑽を止めない。ただ黙々と、力を操り依頼をこなし、妖を葬っていく。まるでそれが陰陽師の本能とでも言わんばかりに現代社会の陰に潜み、世の人々が何も知らず平和に暮らしている裏で、龍明は一身に多くの呪《しゅ》を請け負っている。

だから龍明は妖を呼ぶ。そしてそれらを避けずに、屠《ほふ》るのだ。

陰に入らぬよう、陽向《ひなた》に逃げ続ける千晴と違って。

「無知はいいな。それが言い訳になる」

呟《つぶや》いた龍明に、千晴が「えっ？」と首を傾げた。

「陰と陽は相反する。そういうことだ」

「意味わかんないんだけど……」

ますます深まる疑問に、千晴の首がさらに傾く。

「いい、いい。とにかく、今日は夕食のあと寝るまでみっちり歴史の勉強だ」

しっしと手を振り、龍明は歴史書を棚から取るべく立ち上がった。


「なるほどな～。陰陽師って昔は国の官僚だったんだ。知らなかった。天皇専属の陰陽師もいたの？」

官僚という単語さえ知らなそうだった千晴だが、案外物覚えはよかった。学習にも意欲的で、龍明の説明に、ふんふんと興味深そうに頷いたかと思えば、わからないところは素直に質問する。

ただ、質問が多くて少し疲れるのもまた事実だった。

「ああ。何かあればすぐに呼ばれて占っていたらしい。犬が内裏に糞《くそ》をしたとか牛が暴れたとかなんでもかんでも怪異にこじつけて――と、そういう小話は書物を読めばわかる。次に行くぞ」

軽くあしらいながら、龍明は飛鳥《あすか》時代から今までの陰陽師の歴史をざっと説明した。それでも二時間以上はかかり、最初は集中していた千晴も、とうとう我慢ができなくなったのか、「あー」と目を瞑《つぶ》って両手で目を擦《こす》りはじめた。

「内容が多くて覚えられない……。龍明さんこれ全部覚えてるのすごすぎっしょ」

「幼い頃から聞かされて育っているから当然だ。それに、試験をするわけではない。我々陰陽師がどういう立ち位置にいるかを知っていればそれでいい」

龍明もそこまで鬼畜ではない。一日で覚えられるとは端《はな》から思っていないし、詳細まで知らずとも方術は使える。ただ、なんのために門蔵家が在《あ》るのかを理解しておいてもらわないと困るから教えているのだ。

「とりあえず今は隠れてコソコソ妖退治とか占いで生計を立ててるって感じ？」

身も蓋もない言い方に、龍明はじとっとした目で千晴を見つめた。

「平たく言えばそうだな。だが、好き好んで隠れているわけではない」

「明治維新のあれか。なんちゃら禁止令」

先程教えたことを思い出し、千晴が人差し指を立てた。

「天社禁止令だ。妖の存在を認めなくなった政府が陰陽寮《おんみょうりょう》を解体し、政治の表舞台から陰陽師を消した出来事だ」

「妖はいなくなったりしないのにね」

納得していない表情で、千晴は唸《うな》る。

「いなくなってはいないが、昔よりも数が減ったのは事実だろう」

「なんで？」

「闇が減ったからだと言われている。夜でも煌々《こうこう》と灯《あか》りが点《つ》くようになって、人間の恐怖心も薄くなっていった」

「ああ、妖って、恐怖心とかからできてるんだっけ」

「恐怖心がなくなれば信仰も薄くなる。神も妖も減る一方だ」

そう言って、龍明はちらっと棚の上の小箱に視線を遣った。あの中には、託宣や御霊分《みたまわ》けもされず廃された神社に放置されていた仏像が入っている。粗末に扱われたせいでほとんど悪鬼になりかけていたのを、龍明が封じたのだ。毎日祝詞を捧げ、元の神に戻るのを待っている。

「なるほど。だからといって、全部がいなくなるわけじゃないから、陰陽師がいる。でも、大半の人は妖なんか目に見えずに信じてないから、大っぴらに名乗れないってことか」

「そういうことだ。変な宗教団体と一緒にされて糾弾されたくもないからな。それに、妖はいないと信じてもらっているほうが余計な恐怖心が生まれなくていい。だからお前も陰陽師の存在を他人に話してはいけない」

龍明が念を押すと、千晴は苦笑した。

「実は昔、幽霊が見えるって話を友だちにしたらさ、嘘《うそ》つき呼ばわりされたから、それ以来誰にも言ってなかったんだよな。だから、隠していたいっていう陰陽師の気持ち、ちょっとわかるかも」

そんなものと一緒にするな、と言いかけたものの、千晴の顔が思ったよりも悲しげだったせいで、龍明は言葉を呑み込んだ。

そしてふと思いついて、呪を唱える。すると龍明の右の瞳の中に五芒星が現れ、茶色だった虹彩《こうさい》が金色に変わった。

「えっ、何？　超かっこいい」

間近で使役以外の方術を見るのが初めてだったのか、千晴がはしゃいだ声を上げた。それを無視して、集中する。

この呪は、対象者の縁を糸として捉え視るものだ。運命の赤い糸と言えば、しっくりくる人もいるだろう。ただ、これは恋愛の縁だけを視るのではない。家族、友人、仕事など、すべての関わりを糸として可視化する。

じっと千晴を見つめ、縁を辿る。まず龍明と繋がっている細い糸が視えた。それから、隣の部屋へと伸びる糸、奥座敷に伸びるふたつの糸。やたらと太い糸も数本視えたが、それは畳の上で途切れていた。おそらく肉親たちのものだろう。

他にはないかと探ってみたが、どれだけ探ろうとも、糸はそれだけだった。

「お前、ひょっとして友人はその件以降できていないのか？」

確かめるように龍明が訊くと、千晴の瞳孔が小さくなった。それを誤魔化すように、ははっと笑って、頭を掻《か》く。

「実は、あれから親友とかできたことないんだよな」

これだけ根が明るそうな男なのに、あまりにも縁がなさすぎることが、逆に怖い。確かに龍明が嫌いなタイプの人間だが、性格が悪いわけではなさそうだ。それなのに今まで友人のひとりもいないのはおかしいのではないか。

「もしかして、誰かに意図的に――……」

龍明がそう口にした途端、パチンッとどこかから指の鳴る音がして、瞳が強制的に元に戻された。その反動で痛みが走る。うっと呻《うめ》いた龍明の背中を、慌てて寄ってきた千晴が大きな手で撫でた。

「だ、大丈夫？」

「平気だ」

それよりも、音の主を探らなければ。すぐに気配を辿ろうとしたものの、なんの残穢《ざんえ》もない。そもそも、この家には強力な結界が張ってある。邪悪なものが入ってこられるものでもないし、部屋にも穢れを祓《はら》う護符を貼ったばかりだ。邪《じゃ》が入る隙などないはずだった。

まさか、と千晴を見つめるが、彼はただ不安そうに眉尻を下げるばかりで、方術を使った様子もなかった。

「気のせいだったか」

それ以外に説明がつかず、念のため邪気払いをしてから、龍明は座り直した。

「勉強の続き、やる？」

千晴も姿勢を正して訊いた。だが、これ以上は自分が教えなくとも、千晴は陰陽師の立ち位置を理解した。だったらあとは書物を読ませたほうが龍明にとっても手間がかからない。

「いや、歴史はもういい。あとで本を渡すから自分で勉強しておくように」

「でも、まだ寝るまでには時間があるけど」

時計の針はまだ九時を過ぎたばかりだ。

「いい。お前も慣れない環境で疲れただろう。風呂に入ってもう休め」

龍明も妙に疲れていた。一応大学生という肩書きがあるため、明日も大学に行かなくてはならないし、その後は鎮宅祭を任されている。千晴ばかりに構っているわけにはいかない。

形代《かたしろ》に霊力を込め、小鬼を出す。それに離れの風呂への案内を頼んだ。

「意外とやさしいんだな、龍明さん」

にっこりと笑い、千晴が本を手に立ち上がった。

「意外は余計だ。明日からはきちんと仕事もしてもらうからな」

睨《にら》みつけた龍明に、千晴はさらに笑みを深めた。そして丁寧にお辞儀をし、「ありがとうございました」と言い残してようやく部屋を出ていった。

ひとりになって、龍明はだらしなく畳に身体を投げ出した。いつもなら短時間呪を使ったところでなんてことはないのに、今日はやけに身体がだるい。いや、身体というよりも心だ。

「明日からもこれが続くのか」

原因である千晴を思い浮かべたら、無意識に顔をしかめてしまっていた。眉間を揉《も》み、深呼吸を繰り返す。だが、いつまで経っても気分は晴れないままだった。

父が何をどうしたかは知らないが、翌日から千晴も龍明と一緒に大学に通うようになっていた。学生証を渡され、千晴は「え？」と口を開けた。

「付き人として雇ったのだから、常に傍《そば》に置いておくのは当たり前だろう。それに、あいだの時間にも方術の使い方を教えられる。うちにいてもやることはないし、そっちのほうが効率的だ」

父の言い分はもっともだが、四六時中一緒にいさせられる龍明の立場にもなってほしい。だが、家長の言うことは絶対だ。

「わかりました」

戸惑う千晴をよそに、龍明は真顔のまま承諾した。

「なあ、本当にいいの？　俺、試験とか受けてないけど」

大学へ向かう道中、千晴がまだ不安げに訊いた。

「大丈夫だろう。別にちゃんと出席して単位を取れと言われているわけでもない」

講師もそうそう学生の顔を覚えているわけではないのだから、今までいなかった学生がひとり混じっていたところで気づきもしないだろう。そう言おうとして、はたと龍明は立ち止まった。隣の千晴の顔を、じっと見上げる。

千晴はロシア人の血が混じっていて、ガタイもいい。服をあまり持っていないと聞いたので、品がよさそうに見えるよう、ワイシャツにジャケット、それからシンプルなチノパン（もちろんすべて高級品だ）を着せてみたら、そこそこ坊ちゃんらしい見た目になった。歩いている最中やたら人の視線が刺さるのはその大きさと服の仕立てのよさのせいかと思っていたが、ひょっとして千晴自体が人目を惹《ひ》く顔立ちなのだろうか。バランスは整っているとは思うが、龍明は元より人の美醜には疎い。

「お前はよく顔を褒められるか？」

龍明の質問に、千晴が首を傾げた。

「それって、俺がイケメンって言ってるの？」

「いや、そうなのか訊いただけだ」

ますます疑問符を頭の上に浮かべ、千晴は照れくさそうに頷いた。

「まあ、顔はいいとは言われる」

「そうか」

だとしたら、目立つぶん厄介事も増えそうだ。講師には気づかれたところで「興味があるので単位関係なしに聴講している」とでも言えば問題はないだろうが、問題は龍明の取り巻きたちだ。

龍明は表面上は陰陽師ということを隠し、良家の子息という態《てい》（あながち間違いではないが）で生活している。友人関係も不自然ではない程度にある。しかし、千晴のような派手な人間は周りにいない。皆成績優秀で品行方正な者たちばかりだ。きっと千晴を連れている龍明を不審に思うだろう。女子たちも千晴の見た目が優れているのなら、放ってはおかない。

「龍明さんこそ、褒められることが多いんじゃない？　イケメンだし」

千晴が言った。言われ慣れている言葉だが、龍明にはどうでもいい。顔がいいからといって、仕事にはなんらメリットがないからだ。清潔でさえあればいい。

「そうだな」

おざなりに答え、どうしたものかと考えを巡らす。

「有星くんも龍明さんに似てイケメンだけど、雰囲気が全然違うよな。龍明さんはキリッとした感じで、有星くんは可愛《かわい》い」

「そうだな」

相槌を打つと、千晴が早歩きになって目の前に回り込んできた。適当に返したことに不満でも抱いたのかと顔を上げるが、千晴は龍明ではなく首を捻《ひね》って後ろを見ていた。

「この道はやめよう」と真剣な顔で千晴が言う。「向こう、嫌な感じがする」

千晴の身体を押し退《の》け、龍明はじっと道の先を視る。しかし何も視えない。

「何もいないぞ」

「ううん。あそこを曲がって、もう少し先だ」

遮蔽物があるのに、千晴にはわかるという。今朝は方位を占ってもいないし、占う方法も千晴にはまだ教えていない。

昨日、方違えを自然とやっていると千晴は言っていたが、正直言って本気で信じてはいなかった。たまたま邪悪な妖や鬼神に出会わないで生きてこられただけだと思っていた。

だが、千晴に言われたとおり道を迂回《うかい》し、遠く離れたところからその場所を視てみると、確かに邪気が漂っていた。

本当だったのか、と龍明は気づけばぐっと拳を握っていた。

「どうしてわかった」

「なんとなく」

本人に占術の自覚がないのだから、訊いたところで理路整然とした答えが返ってくるわけもなく、龍明はため息を吐いた。

不思議というより、不気味な男だ、千晴は。

得体のしれない嫌悪感が、龍明の中で渦巻いた。

「行くぞ」

これ以上話しても無駄だと、大学への道を急ぐ。

「待ってよ、龍明さん。なんで怒ってるんだよ」

「怒ってなどいない」

「怒ってるじゃん」

千晴が大きな図体で子犬のように龍明に纏わりついてくる。それが余計に鬱陶《うっとう》しい。

「これが私の標準だ」

「有星くんは、兄さんは感情を表に出さない～って言ってたのに」

感情が乱れているのを指摘され、龍明は腹の底の炎を抑えるべく、深呼吸をした。これ以上この男のせいで苛々したくない。こんなにも苛立ちを抑えられないのは、いつぶりだろう。少なくともここ数年、喜怒哀楽をコントロールできないことはなかったのに。

「誰のせいだ誰の。いいか。大学ではおとなしくしていろよ。難関大学に編入してきたことになってるんだから、賢そうな振りをしろ。今みたいに馬鹿《ばか》な喋り方はするんじゃない」

「はぁい。わかっ、ンンッ」

千晴が間延びした返事を寄越したので、龍明はついっと指を振って物理的に千晴の口を閉じさせた。

これでしばらくは静かになる。

「むー」

不満げに千晴が唸った。まるで口輪を嵌《は》められた犬だ。

「そういうのが馬鹿みたいだと言っているんだ」

「うう」

しょぼんと肩を落とすのを見て清々したので、龍明はもう一度指を振った。口がきけるようになり、千晴は、はあと息を吐いた。

「もううるさくしないよ」

それから、龍明の真似《まね》をしようとしたのか、千晴は背筋を伸ばし、きりっと表情を引き締めた。そうしていれば多少は賢く見える。

「できるじゃないか」

しかし、龍明が褒めた途端すぐにへらっと相好を崩してしまった。千晴には何も期待しないことにして、龍明は大学まで一言も喋らないまま歩いていった。

そして大学の学部棟に着くと案の定、見かけない顔に興味津々といった様子で、友人たちが集まってきてしまった。

「おはよう門蔵くん。そちらの人は？」

柳井《やない》が訊いた。彼は某製薬会社社長子息で、大学に入ってから交友関係にある。金持ち独特の大らかさと他人への興味の薄さを隠しておらず、付き合いやすい人間だった。

「今日から編入してきた親戚の御占だ。一年だが、しばらく特別に私と一緒の講義を受けることになっているんだ」

目元に笑みを浮かべ、そう説明した龍明の横で、千晴が盛大に噎《む》せた。外面のいい龍明を見たのが初めてだったので驚いたようだ。それを黙らせるために足を踏む。

「いっ、あっ、御占千晴です。よろしくお願いします」

「です」の「で」がほとんど聞こえなかったが、及第点の挨拶だった。

「へえ、そうなんだ。門蔵くんと同ゼミの柳井です。よろしくね」

ほかの面子《メンツ》も次々と自己紹介をしていき、特に女子は色めき立っていた。千晴も照れくさそうにしていたが、それを置いて龍明が移動しようとすると、慌てて人波を掻き分けてついてきた。

「ちょっと、置いてかないでよ！　迷子になるだろ」

「はぐれたら私の気を辿ってくればいい」

「気って、そんなのわかんないよ」

邪気はわかるくせに何を言う、と龍明は鼻を鳴らした。しかしすぐに思い直す。

千晴は陰陽師についてほとんど何も知らない。方術の使い方もだ。身の危険を回避するため、生き延びるために邪気の存在だけは感知してきたが、それ以上は自力でなんとかする必要も、教えてもらう伝手《つて》もなかった。だったら、わからないのも仕方がないことだ。

千晴が龍明以上の邪気感知の才を持っていたせいで、危うく間違えるところだった。千晴はまだ素人に過ぎない。だから教えなければならないし、父にもそう言われていた。

「そうだな。教えていなかった」

突然態度を改めた龍明に、千晴は目を瞬《まばた》いた。驚いている千晴の手を取り、龍明はそうっと自分の気を彼に流し込む。

「あ……」

それがわかったのか、千晴が声を上げた。

「わかるか？　これが私の気だ」

「なんとなく、わかったかも」

そう言って、千晴は一度ぎゅっと目を閉じた。そして次に目を開いたとき、空色の虹彩はほんのりと赤色がかっていた。しかも、両目ともだ。

「千晴、お前、その目……」

稀《まれ》に、方術を使うときに、目の色が変化する陰陽師が存在する。それは彼らの祖先に妖狐《ようこ》がおり（安倍晴明の母は妖狐だ）、その血に由来するものだとされていた。

妖狐の目の色は緑や金という説が濃厚だったが、安倍晴明に次ぐ霊力の持ち主とされる龍明が金色の目に変化していたことから、門蔵家では妖狐の瞳は金色だったと結論が下されたところだった。

――だが、千晴のこれは、なんだ？

赤色への変化など、聞いたことがない。しかも、片側だけの龍明と違い、千晴は両目だ。

「えっ、何？　俺の目がどうかした？」

しかし、千晴は何も知らない様子で瞬きを繰り返した。じっと凝視するうちに、元どおりの空色の虹彩に戻る。

「いや、なんでもない。それより、私の気がわかったのなら、迷子にもならないだろう」

ぱっと千晴から手を離し、龍明は背を向けた。

「うん。でもまあ、置いていかないでよ。どうせ同じ講義を受けるんだし」

「ああ」

混乱とは程遠いはずの龍明の脳内が、今ぐちゃぐちゃになっている。動揺を表に出さないだけでも一苦労だった。

父に報告すべきだろうか。だが、喉の奥に痞《つか》えたような拒否感が、その決断を阻もうとする。

「龍明さん？」

不思議そうに顔を覗き込んできた千晴に、思わずびくっと身体を震わせた。それから、そんなふうにびくついてしまった自分自身がとても恥ずかしく、龍明は顔に渋面を浮かべて歩きだした。

「最初の講義は東洋法制史だ。寝るなよ」

「なるべく頑張る」

結局、もやもやとした気分のまま講義を受けることになった上、案の定、千晴が途中で舟を漕《こ》ぎはじめたせいで講師に目をつけられ、居心地の悪い時間を過ごす羽目になった。

他人の振りをして教室を出て、二コマ目の一般教養棟に先に向かうことにする。一応見張りのための識神を千晴の鞄《かばん》に仕込んでおいたが、それの出番もないままに、千晴は龍明のいる次の教室に顔を出した。

「置いてかないでって言ったじゃん」

むうっと唇を突きだし、千晴が言った。

「寝ているほうが悪い。私まで恥をかくところだった」

「それは、ごめん……」

「それより、うまく気は辿れたようだな」

「ああ、うん。龍明さんのはわかりやすかったから」

実地試験のつもりで置いてきたのも半分は本当だ。しかし、初回できちんと辿れるとは思っていなかった。

予想以上に呑み込みが早い千晴に、腹の底に澱《おり》が溜《た》まっていくように、またも不愉快な気分になった。弟子が成長するのはめでたいことだというのに、どうしてこうも気分が悪いのだろう。

「有星よりも出来がいいな」

ふっと苦笑して呟いてから、ますます自分の言に疑問が湧いた。

有星がなかなか成長しようとしないのを疎んでいたはずなのに、千晴が成長するのは嫌だという自分の心理がわからなかったのだ。

「さっきので気づいたけどさ」

千晴が隣に座りながら言った。

「龍明さんの気ってか、オーラは、均等に、まんべんなく流れてるって感じ。しかも、それがかなり広範囲で、だから見つけやすかった。それに、めっちゃ金色で輝いてるし。感情を表に出さないのって、この気の流れを一定に保つためだったりする？」

そう訊かれ、龍明は黙り込んだ。答えなかったのではなく、答えられなかったからだ。

気というのは、確かに千晴の言うとおり、自身の周りに溢《あふ》れているもののことだ。だが、それに色がついているなど、龍明は知らない。たとえば、同じ力量の陰陽師がいたとしたら、遠くからでは誰が誰かなど区別がつかないのが普通なのだ。

「お前には私がどう見えている？　ほかの人間は？」

質問に質問を返すと、千晴は戸惑ったように頬を掻いた。

「どうって、さっき言ったとおりだし、ほかの人は別に普通だけど……。有星くんとか天道さんはまだわかんないや。視てないから」

「そうか」

龍明は頷いて、話は終わりだと言わんばかりに鞄から教科書を取りだすと、じっとそれを眺めはじめた。

しかし内心は動揺し、いつの間にか脇に汗を掻いていた。

とんでもない人物を門蔵家に迎え入れてしまったかもしれない。

千晴はすべてにおいて型破りだ。龍明が幼少期に厳しい修練の末に手に入れた霊力や、それの使い方を、千晴は生まれながらにして持ち、知っている。だとしたらとんでもない化物だ。鍛えればきっと、その才は想像もできないほど成長していく。

神童と呼ばれた龍明さえも及ばないほどに。

そう考えた途端、嫌だ、とはっきりとした嫌悪感が胸に巣食った。

才ある者が陰陽師に加わり、門蔵家のために力を発揮するならそのほうがいいはずなのに、自分は到底それを受け入れられない。

講師がやって来て、講義が始まっても、龍明は集中できなかった。

何故《なぜ》、何故、何故。

そればかりが頭の中を渦巻いた。

「どうしたの、龍明さん」

とんっと肘で小突き、千晴が小声で訊いた。バチッと空色の瞳と視線が合い、龍明ははっきりと思った。

——千晴が憎い、と。

そしてようやく理解する。

これは嫉妬だ。

今まで、自分より優れた者など存在しなかった。だから常に己とだけ向き合い、研鑽に励んでこれた。だから、知らなかったのだ。自分の中にこんなにも醜い感情があるなどと。

千晴の才が明るみに出れば、周りは皆、千晴をもてはやすだろう。希代の天才と言われた龍明より遥《はる》かに有能な千晴は、もしかしたら異例だとしても龍明を差し置いて門蔵家の当主となるかもしれない。

それほどまでに、陰陽師は血と実力がものを言う。

御占という姓は土御門の家系図にないとしても、五芒星の宝剣が何よりの証明だった。あれは持ち主を選ぶ。関係のない人間が持っていたら無事ではいられない代物だ。

それに何よりの血の証明は、千晴の才にある。

自分の立場が脅かされていると気づいた今、龍明は生まれて初めて脅威を感じた。

「なんでもない」

同じく小声で返し、龍明はホワイトボードを見つめた。知らないうちに随分と進んでいて、慌ててノートに書き写す。

まずは冷静にならなければ。心を乱したままでは、隙が生まれる。調伏した妖たちは、その隙をついて縛《ばく》から解放されようと龍明自身を攻撃してくることもある。高位な妖を取り込んでいるのなら、なおさら常に気を引き締めておかねばならない。

陰陽師と使役する妖たちは、力関係と報酬で成り立っている。術者本人が強くなければ、妖は言うことを聞かないし、使役の際には対価として術者の霊力を求められる。小鬼程度なら造作もないが、白狼たちを使役する場合はかなりの霊力を消耗する。

今のところ龍明から与えられる報酬に不満を持つ妖はいないが、均衡が崩れれば龍明を食い破って自由になろうと考える妖が出てきても不思議ではないのだ。

二コマ目が終わり、昼食の時間になった。

「俺、学食って行ったことないんだよな」

普段は大学の外に出て、静かなカフェや定食屋で食べるのだが、キラキラした目で千晴が言うので、龍明は仕方なしに学食に連れていくことにした。

ガヤガヤと喧《やかま》しい食堂に辟易《へきえき》しながら、適当にAランチを頼んだ。千晴はBランチにしたらしく、カウンターで料理が出てくるのを鼻唄を歌いながら待っている。

「恥ずかしいから口を閉じろ」

「えっ、ごめん。歌ってた？」

無意識だったらしい。何もかもが癇《かん》に障る。

二コマ目の頭から今まで、ずっと今後のことについて考えている。

千晴本人は、まだ自分の才覚に気づいていない。それがどんなに稀有《けう》なことか、教えたとしてもピンとはこないだろうし、本人に野心もなさそうで、門蔵家を乗っ取ろうなどとも考えないとは思う。

正直、龍明も自分自身に野心があるとは思ってもいなかった。だが、実際に当主の座を失うかもしれないと考えたとき、自分の中に眠っていた野心に気づかされた。

だからこそ、もしかしたらという可能性も考えずにはいられない。

千晴は見るからに陽で、善だ。だが、陽が極まれば陰になるように、何がきっかけで千晴の中に野心が芽生えるかわからない。

そうならないためにも、千晴の才を誰にも言わずに隠しておくか、それとも父に相談し、早めに千晴をその気にさせて跡取りとして育て上げるか答えを出さなければいけなかった。

そうなった場合、自分の処遇はどうなるのだろう。

千晴より劣るとしても、歴代の陰陽師よりも格上だ。それをわざわざ傍系に出すことなどあり得るだろうか。出さないにしても、ずっと千晴の陰で生きていかなくてはならないのでは――……。

「龍明さん、来たよ」

いつの間にかランチが出来上がって目の前に置かれていた。千晴のぶんも同じタイミングで来ていたようで、一緒に空いている席を取りにいく。

「午後からはどうする？　まだ講義？」

いただきます、と手を合わせ、千晴が訊いた。

「いや、今日はもう講義はない。鎮宅祭があるから、夕方にはそちらへ向かう」

「鎮宅祭？」

一般人には聞き慣れない言葉だろう。

「家を災害から守るための儀式のことだ。門蔵家が代々懇意にしている家から依頼があってな。簡単に言えば、鎮宅霊符を貼って祝詞《のりと》を唱えるだけだが」

「そう言えば、今朝有星くんが渡してたのって、その霊符ってヤツ？」

鈍感なようで、よく見ている。

「ああそうだ。有星も護符《ごふ》や霊符をつくるくらいはできるからな」

龍明がつくるものほど強力ではないが、普通に生活しているぶんには十分な効果を発揮する。よほどのことがない限りは問題ない。

「俺もついていっていいの？」

恐る恐る、千晴が訊いた。仕事だとわかって、尻込みしているらしかった。

「おとなしくしているのが条件だ」

「約束する」

若干の不安は残るものの、嬉しそうな千晴の表情を見て、龍明は決めた。

千晴の生来の力が何かをきっかけに暴走する前に、その制御を教えておいたほうがいい。元来陰陽師は、人々を悪鬼から護《まも》るためにあるのだ。その力が闇に堕《お》ちないためにも、千晴を育てない手はない。

「余計な口をきいたらまた強制的に黙らせるからな」

何の力も加えずに龍明が指を振ると、千晴は慌てて口を閉じた。


昼食を食べ終え、鎮宅祭に向かうにはまだまだ時間が余っていた。普段なら、それまで研究室で大学の課題や先輩の手伝いをするのだが、千晴がいるため顔を出しにくい。

大学内の大通りの隅で、どうしたものか考えていると、千晴から「妖の使役の仕方を教えてほしい」と懇願された。

「小鬼がいたら、雲母の遊び相手になってくれそうだしさ」

「それなら猫と似たようなすばしっこい物の怪のほうがいいだろう。鼬《いたち》はどうだ」

鼬の物の怪ならば、山に行けばすぐに見つかる。風のように早く動くこともでき、少し霊力を分けてやれば鎌鼬にもなる。

しかし、その提案に千晴は首を横に振った。

「鼬は猫の天敵だよ。小さいけど猫より強いから、雲母が怯える」

「では犬だな」

そう言って、龍明は呪を唱えた。すると忽《たちま》ち目の前が青みを帯びていき、騒がしかった通りから学生が姿を消した。

「ここは……？」

「私の位相空間だ。私が許した者しか立ち入れない」

「へえー」

珍しいのか、千晴はきょろきょろと辺りを見回す。

「ここにいた人たちはどこ行ったの？」

「どこへも行っていない。我々だけが性質の同じ別世界に来たとでも思えばいい」

「ふうん」

わかっていないのか、首を傾げながら頷く。それを横目に、龍明は懐から形代を取り、識神を呼び出した。白狼の群れだ。

「おわっ！　なんかいる！」

突然出てきた識神たちに、千晴は驚いて後ずさりした。そして助けを求めるように龍明を見て、さらに目を見開いた。

「龍明さん、その格好……」

位相空間にいるときは、方術を最大限に活《い》かせるよう、正装になる。それがこの深緋の狩衣姿だった。それに、霊力の高さを現すよう、髪も尻まで伸びている。

「これが陰陽師の本来の姿だ」

「神主さんみたいな格好だな」

「今は神職くらいしか着ないからな。あながち間違いではない」

へえ、としきりに感心しながら、千晴はぐるぐると龍明の周りを回った。やはり犬のようだ。

「お前にもそのうち位相を教えてやる。ただ、少し難しいがな」

位相空間をつくれるようになったのは、十三を過ぎてやっとだった。それまでは人目を忍んで妖退治をしていたが、これを覚えてからは随分と仕事が楽になった。いつでも好きなときに好きな場所で妖を屠れる。

「俺にもできるかな？」

「修練を積めばできるんじゃないか」

龍明はそう答えたが、どこか確信めいた予感はあった。千晴ならばすぐに覚えそうだと。

「でも、できたらめっちゃ便利だよなぁ。ひとりになりたいときは引き籠もれるし」

へへっと笑ってそう言った千晴の頭を小突き、龍明はため息を吐いた。

「方術を私用に使うな」

そのとき、くうん、と白狼の一匹が鳴いた。退治するべき妖もいないのにどうして呼び出されたのか戸惑っている様子だ。

「千晴、これが私の識神の白狼だ。命令を出せばなんでも言うことを聞く。白狼は特に賢いから、使い勝手がいい。白狼、これはうちで預かっている陰陽師見習いだ。誰か一匹これについてやれ」

「えっ、俺の識神にしていいってこと？」

ぱあっと顔に笑みを浮かべ、千晴が両手をぎゅっと握った。

「ああ。ただし、お前が調伏できたらの話だが」

白狼は頭がいいぶん気位も高い。自分より下の者は絶対に認めない。

「調伏ってどうすればいいの？」

白狼たちの前に立ち、千晴が訊いた。

「なに、主人と認めさせればいいことだ」

「龍明さんはどうやった？」

「私は、ただ瀕死《ひんし》にしたまで」

答えると、ぱっと千晴が振り向き、妙な顔で龍明を見つめた。

「そんな酷《ひど》いことできるわけないじゃん」

「それ以外に方法はない」

きっぱりと龍明は言い切ったが、千晴はなおも納得していない様子だった。しかしそこでふと違和感を覚える。

龍明はまだ千晴に方術の使い方を教えていない。今の千晴にできるのは、せいぜい感知のみだ。それなのに千晴は、「そんな酷いことできるわけないじゃん」と言った。その言葉は、確実に上位の者からしか出てこない。千晴は自分が白狼に力で負けるとはまるで思っていないのだ。

「ねえ、誰か俺の識神になってくれない？」

千晴が白狼たちに向き直って問いかけた。

その途端、白狼たちが互いに顔を見合わせた。それから窺《うかが》うように龍明を見たあと、群れの中で一番体格の小さな若い狼が、一歩前に出た。

「君が俺のところに来てくれるの？」

千晴はしゃがんで目線を合わせながら訊いた。

そんな無防備な姿を晒《さら》したら、あっという間に喰《く》われるぞ、と龍明が一抹の不安を抱えて前に出ようとしたそのときだ。

若い狼が、千晴に向かってお辞儀をするように首を垂れた。

「え……？」

訝しむ龍明をよそに、千晴は「いい子だなあ」と嬉しそうにそれの頭を撫でている。あの気位の高い狼がまるで飼い犬のように撫でられている様を見ることになるとは思わなかった。

「調伏ってこれでいいの？　できてる？」

千晴が訊いた。その瞳を見て、龍明はぎょっとした。彼の目がまた赤くなっていたのだ。

霊力には人の何倍も敏感な白狼だからこそ、もしかしたら千晴には敵《かな》わないと諦めて闘うことすらしなかったのかもしれない。その可能性に気づき、龍明の肌がざっと粟立《あわだ》つ。

「ああ、できている」

「やった！　じゃあ、名前をつけないとな。それとももうある？　龍明さんはこの子をなんて呼んでた？」

訊かれ、龍明は首を左右に振った。

「名はない。白狼は白狼だ」

「つけちゃダメなの？」

千晴が残念そうに問いを重ねる。

「いや、面倒でつけなかっただけだ。ペットでもあるまいし」

ちらっと残りの白狼たちに目を遣ると、尻尾を上げて千晴を眺めていた。千晴に興味津々といったところだろう。モヤッとした気持ちが、また再燃する。

「じゃあ、君は今日から真珠《しんじゅ》だ。真っ白で綺麗《きれい》だし、ほかの子と比べてちょっと顔が丸いからぴったりじゃん？　うちの雲母も石の名前だし、仲良くなってくれるといいなー」

「もういいか。そろそろ戻るぞ」

その光景を見ていたくなくて、龍明は急ぐ必要もないのに千晴を急《せ》かした。

「えっ、もう？」

「形代を使えば位相でなくとも呼び出せるようになる」

「えっと、どうすれば……」

初めてではわかるはずもない。龍明は余っている形代を取りだし、そこへ霊力を込めて名前を書くよう言った。

「うまくいかなくとも、位相から連れて戻ればいい。どうせ視える者はいないしな」

ただ、それを見た妖が寄ってくる可能性があるが、雑魚ならば白狼が嚙《か》み殺すだろう。

「じゃあ、いったん連れていっていい？　もっと遊びたいし」

使役する識神と遊びたいとは、奇特な奴《やつ》だ。

「出しているあいだは霊力を喰われ続けるぞ」

「それって大変？」

「霊力がなくなれば、今度は生命力を喰われる。それも枯渇すれば、死ぬな」

「死……」

だからこそ、陰陽師は霊力の高さがものを言う。霊力が高ければ高いほど、より多くの、そして強い識神を調伏できるし、使役もできる。

「でも、門蔵の家にいるお手伝いさんも妖だよな？」

「ああ。父の小鬼だな。小鬼程度なら出しっぱなしにしていても問題はない。それにあれは特殊でな。霊力よりも人間と同じ食事を好む。それをやっていたら霊力を喰わずとも働くんだ」

「なんていうか、会社みたいだな」

千晴が手を顎に当て、うーんと唸った。

「雇用主と労働者の関係ではあるな」

「アニメとか漫画だと、もっとフレンドリーってか、絆《きずな》みたいなのがあるのに」

子どもじみた意見に、龍明はふんっと鼻を鳴らした。

「相手は腐っても妖だぞ」

千晴の言うことは、あまりにも理想論だ。

「でも」

それ以上聞きたくなくて、龍明はぱちんと指を鳴らすと、白狼たちを異界に戻し、位相空間を解いた。

突然ガヤガヤと騒がしい構内に戻り、千晴が狐《きつね》につままれたように目を瞬いた。しかし、彼の傍には白狼——真珠がいる。

「鎮宅祭に行くまでに形代に名を刻めるようにしておけ」

「わかった」

それから龍明は振り返らずに歩いていく。大学の正門を出て、来たときと同じ道を戻る。

「龍明さん、そっちは」

千晴が不安そうな声で言った。それもそのはずだ。このまま行けば、邪気が集まっていたあの場所にぶつかる。

「わかっている。危険な妖になる前に祓うだけだ」

あのまま放置していれば、やがて姿形を得て市井に解き放たれてしまう。その前に淀《よど》みをなくすのも、陰陽師の仕事だ。

「懇切丁寧にやり方を教えてやる。しっかり覚えろよ」

呪を唱え、再び位相空間へ。

真珠が鼻の上にしわを寄せ、邪気に向かって吼《ほ》えだした。

「妖の場合は識神に相手をさせればいいが、邪気は実体がない。実体のないものは触れられない。だから識神は手が出せない」

「じゃあ、どうすれば」

今まで避けてきた邪気を前に、千晴は少し気分が悪そうだった。それを護るように、真珠が彼の前に出る。命令をしなくとも、真珠は千晴のために動くようだ。先程出会ったばかりだというのに、もうすっかり懐いている。

「邪気祓いは祝詞の一種、祓詞《はらえことば》を唱える必要がある。祓詞は術者の霊力を練り上げた方術だ。それを唱えることで、実体のないものに形を与え、縛る力となる。と、その前に……」

　長い髪を緩くまとめ、袖の中で印を結ぶ。

「六根清浄、急急如律令」

　それを唱えると同時に、龍明の感覚が鋭くなった。禍々《まがまが》しい邪気がさらにはっきりと視える。そしてその邪気が何からできているのかも、視えた。

「なるほどな。自殺者の怨念か」

　呟いた龍明に、千晴が言う。

「あっ、男の人だ」

　ちらりと千晴を振り返ると、彼はじっと邪気を見つめていた。また瞳が赤くなっていた。

「視えるのか」

「うん」

　呪を唱えなくとも視えるようになるとは。しかしもうこの程度で驚いたりはしない。

「祓詞を唱えてみるか」

　龍明が訊くと、千晴はこくりと頷いた。もう怯えてはいないようだった。

「掛《か》けまくも畏《かしこ》き伊邪那岐大神《いざなぎのおほかみ》　筑紫《つくし》の日向《ひむか》の橘《たちばなのを》小戸《ど》の阿波岐原《あはぎはら》に　御禊祓《みそぎはら》へ給《たま》ひし時《とき》に生《な》り坐《ま》せる祓戸《はらへど》の大神等《おほかみたち》　諸諸《もろもろ》の禍事罪《まがごとつみ》穢《けがれ》有《あ》らむをば　祓《はら》へ給《たま》ひ清《きよ》め給《たま》へと白《まを》す事《こと》を聞《き》こし食《め》せと　恐《かしこ》み恐《かしこ》み

も白《まを》す」

すらすらと、龍明は淀みなく祓詞を口にした。現代では聞くことのない言い回しに戸惑うかと思ったが、千晴は昔から知っていたように、祓詞を唱えた。

練り上げた方術が、邪気の周りに絡みつき、鎖のようにそれを縛る。

「これから、どうするの？」

千晴が訊いた。

「圧縮して粉々にしてもいいし、識神に食べさせてもいい」

そう言いながら、龍明は両手を合わせてぐっと力を入れた。何かを圧《お》し潰す仕草だった。すると、目の前で浮いていた邪気がぐっと小さくなり、落ちて足元に転がった。

「食べるか？」

龍明が真珠に訊くと、真珠はちらりと千晴を見た。千晴が頷いてようやく、邪気だったものに齧《かじ》りついた。

「食べさせた後で訊くのもなんだけど、食べても大丈夫なの？　お腹《なか》壊さない？」

嚥下《えんか》した真珠を撫で、千晴が不安そうな表情になる。

「問題はない。落とした時点で無害だ。いや、邪が祓われてただのエネルギーになっているから、むしろ識神にとっては霊力補給になるか」

龍明の答えに、千晴がぱあっと顔を明るくした。

「じゃあ、俺が今まで避けていた邪気もこうして祓っちゃえば、真珠のご飯になるんだ！」

「食事とまではいかないだろう。邪気ごときでは微々たるものだ」

ぱちんと指を弾いて、位相を解く。

「ふうん。でも、おやつくらいにはなるだろ。とにかく、さっきのヤツ、祓詞だっけ？　を唱えればいいんだよな？」

二本指を顔の前に立て、千晴がじっと遠くを見つめた。何をするのかと思えば、再び祓詞を唱えはじめる。

「かけまくもかしこきいざなぎのおほかみ　つくしのひむかのたちばなのをどのあはぎはらに　みそぎはらへたまひしときになりませるはらへどのおほかみたち」

「おい、街中で無暗《むやみ》に祝詞を奏上するな。だいたい、邪気なんてもうどこにも、」

もうここは位相ではない。人通りの多いところでやるには、あまりにも不審だ。しかし、千晴は祓詞を止めなかった。

「もろもろのまがごとつみけがれあらむをば　はらへたまひきよめたまへとまをすことをきこしめせと　かしこみかしこみもまをす」

まるで小学生の朗読のようで、妙な抑揚がついている。しかしそれでも、その詞《ことば》にはきちんと方術が宿っていた。

だが、肝心の邪気がいない。これでは無駄に霊力を消費しただけだ、と龍明がため息を吐いたときだった。

「捕まえた」

千晴が呟いた。

「何を」

龍明が訊こうとするのを遮り、千晴は真珠に合図を出す。真珠は尻尾を振りながら角の向こうに消えていき、それからしばらくして、綺麗に圧縮された邪気の残骸を持って戻ってきた。

「どう？　できてるよな！」

いい子いい子と真珠を撫で、自分も褒めてほしいと言わんばかりに千晴は龍明を見つめた。

「お前……」

ものすごい才能だ。たった一度で詞を覚え、方術を通し、それから邪気を祓ってみせた。通常なら、修練を積んでやっとできるものだ。一般的な陰陽師なら、一年はかかる。龍明でさえ、幼い頃とはいえひと月はかかったというのに。

本当に今まで方術を使ったことがなかったのだろうか。まずそこから引っ掛かる。千晴の成長速度は、本来あり得ないものだ。

「ああ。できている。だが、位相でもないところで急に使うな。変人扱いされるだろう。そんな奴と一緒にいたくもない」

ぴしゃりと龍明が言うと、千晴は大きな身体を丸め、申し訳なさそうに頭を下げた。

「ごめん。覚えたらつい早く使いたくなって」

「お前は幼稚園児か」

もう成人している割に、思考が子どもすぎる。

「じゃあ、今度は位相を覚えないとな。そしたら龍明さんにも迷惑かけないし！」

簡単に言ってくれる。修練を積めばできるようになるとは言ったが、生半可なものではない。その証拠に、龍明も位相空間をつくるために五年の月日を費やした。有星だって何年も教えているのに未だにつくれない。

だが、先程感じたように、千晴なら自分ほどの月日をかけずともできる気がしているのも事実だ。修練をサボらなければの話だが。

「有星と一緒に覚えるといい。あいつもまだ位相はつくれないから」

「有星くんも？　じゃあどっちが先に修得できるか競争だな」

そう言ってガッツポーズをする千晴を眺めながら、龍明はため息を吐いた。有星が少し可哀想《かわいそう》に思えたからだ。

間違いなく、千晴は天才だろう。何度もそう感じることがあれば、龍明も認めざるを得ない。そんな者に勝負を挑まれても、負けるのは目に見えている。そうやってまた有星の自尊心が損なわれていくのだろう。

本当は、なんとなくわかっていた。有星がああも卑屈になってしまったのは、龍明と比べられて生きてきたからだ。だが、龍明に非はない。敵わないとしても、努力をしない理由にはならない。多少劣っていたとしても、本気で努力しさえすればなんとかなるものだろう。それを言い訳にして逃げるなど、龍明には考えられないことだった。

自分なら、と千晴を見て考える。

——自分なら、千晴が一の努力をしているうちに、その十倍はやる。いや、百倍でも千倍でも努力して、こいつを決して追いつかせはしない。

そうだ、と龍明は顔を上げた。

千晴が天才だというのなら、自分はさらにその先を行けばいい。そうすれば、当主の座も渡さなくて済む。

「鎮宅祭の場所まで、ついでに邪気祓いをしながら向かうか。その白狼——真珠は出しっぱなしでも問題なさそうか？」

「ああ。霊力も吸い取られてる感じしないし」

「疲れてきたら生気を吸われている証《あかし》だ。そうなる前に見極めて異界へ送れよ」

「わかった。教えてくれてありがとう」

ニッと満面の笑みで言われ、龍明は居心地の悪さに視線を逸《そ》らした。

鎮宅祭では、千晴が何かしでかさないか若干の不安はあったものの、彼は静かに龍明の祭《まつり》を眺めていた。有星の霊符も前よりよくできていて、龍明の祝詞とよく馴染んだ。これならば向こう百年は災《わざわい》に遭わないだろう。

鎮宅祭の礼に馳走《ちそう》をという依頼主の誘いを断り、自宅へと戻る。

「何かに似てると思ったら、アレだ」

家族は先に食べてしまったらしく、ふたりきりで食卓についてしばらく、千晴がぼけっと口を開け、思いついたように言った。

「何の話だ」

「龍明さんの位相のときの格好だよ。こういうシチュエーション、なんか見たことあるなって思ってたんだけど、アレだよ、アレ！　めっちゃ魔法少女って感じ！」

「魔法少女？」

そぐわぬ単語に、龍明は箸を止めて顔をしかめた。

魔法少女が何かは詳しく知らないが、たまにテレビで見かける幼児向けのファンタジーキャラクターのことだろうか。だとしたら不愉快だ。

「服も髪型もガラッと変わってさ、不思議な力で敵をばっさばっさと倒していくのなんて、まさにそうじゃん」

「そんな俗物と一緒にするな。そんなことより、真珠はどうした」

先程から、真珠の姿がない。まだ異界に送った気配はなかったはずだ。

「真珠なら、俺の部屋にいるよ。雲母と遊んでる」

「そうか。まあ、お前の命令なら、嚙み殺すこともないだろうしな」

龍明が言うと、千晴は首を傾げた。

「別に、命令なんてしてないけど。真珠も雲母も楽しそうにしてたよ？」

「あのな、いくら識神でも、物の怪は物の怪で……、」

言いかけて、やめた。いくら説明しても、千晴には実感がないのだろう。妖や物の怪に騙《だま》されたり裏切られたりしたことがない、千晴には。

「寝首をかかれないよう、気をつけることだ」

「まさか！」

ははっと笑い、千晴は白米を口へ運んだ。その幸せそうな顔を見て、どっと疲れが湧く。

幸い、明日は土曜日で講義もない。今夜は修練だけして早めに寝るほうがよさそうだと、龍明は目頭を揉んでから残りの料理を平らげた。


翌朝。寝惚《ねぼ》けている千晴を叩き起こし、有星も連れて都心から少し離れた山に向かった。門蔵家の私有地で、陰陽師たちの修行の場として使われている。

「東京にも山なんてあったんだ」

千晴が新鮮な空気を目一杯吸い込んで、言う。

「一般人は立ち入らないよう、人除《よ》けの結界が張ってある。ここでならいくらでも方術を使っていいぞ」

「やった！」

今にも踊りだしそうな千晴に、有星は不安そうな顔をして、訊く。

「えっと、千晴さんはもう方術が使えるようになったんですか？」

「邪気祓いだけだ。識神も私のを分けてやった」

千晴より先に、龍明が答えた。

「えっ、兄さんの識神を……？」

瞠目《どうもく》して、有星が口をへの字に曲げた。一体どうしてそんな顔をするのだと訝しんでいると、千晴がぶんぶんと焦ったように手を振ってあいだに入ってきた。

「雲母の遊び相手がほしいって俺が無理やり頼んだんだ！　ねっ、龍明さん！」

じっとこちらを見つめる千晴の顔が、頷けと言っていた。

「あ、ああ」

龍明が頷くと、有星はほっと息を吐いた。

「そうだったんですね」

「龍明さん、なんだかんだやさしいからね！　有星くんは識神はいないの？」

話題を逸らし、千晴が質問する。

「僕は、小鬼と……、蛙《かえる》、です」

言いづらそうに有星が答えた。そしてちらっと上目遣いで千晴の反応を窺った。

「蛙ぅ⁉」

千晴が素っ頓狂な声を上げた。その声に、びくりと有星が身体を縮こませた。

「あ、やっぱり、びっくりしますよね。門蔵の人間なのに、僕にはその程度の識神しか、」

しかし、それを遮るように千晴が身を乗りだして、言った。

「俺、蛙大好きなんだよな！　見せて！」

「え？」

「見たい！」

目を輝かせ、千晴が有星の手を取った。有星はおずおずと形代を取り出し、呪を唱えた。形代は見る見るうちに蛙の姿になっていき、どんっと、地面を揺らして着地した。大きさは全長二メートルほどで、ブツブツと疣《いぼ》のある茶色いガマガエルの妖だ。

「すっげぇ！　可愛いなぁ」

千晴は嬉々《きき》としてガマガエルに近づいていく。

「触ってもいい？」

「いや、その子、表皮に毒があるので」と有星が言い終わるより先に、ぺたっと千晴がガマガエルを触ってしまった。

「何をやっているんだ阿呆」

普通のガマガエルの何百倍もの毒を持っていて、触れれば焼けるような痛みと幻覚作用が現れる。

龍明は慌てて毒消しの札を懐から取り出そうとした。

だが、その前に、千晴が「大丈夫だよ」とぱっと手のひらを見せた。確かになんともなさそうで、詰めていた息をほっと吐く。

「でも、確かに触ってましたよね？」

不可解そうに有星が呟いた。ガマガエルは騒ぎなど知らんぷりで、呑気《のんき》に舌を伸ばして蠅《はえ》を食べている。

「ひょっとしてお前、毒が効かないのか？」

龍明が訊くと、千晴は「いや」と首を傾げた。

「そもそも、この子、毒なんて出してないみたいだよ」

「そんなわけがないだろう」

龍明はガマガエルに近づき、表皮をじっと眺めた。疣からはやはり毒が滲《にじ》みでている。

そのとき、「もしかして」と有星が何かに思い当たったように顔を上げた。

「千晴さん、ガンちゃんに気に入られたのかも」

「ガンちゃん？」

龍明が訊き返すと、有星はしまったと口を閉じた。識神に名前をつけたことで、龍明が怒ると思ったらしい。腑抜《ふぬ》けた名前だが、そんなことくらいでは怒らない。

「それで、そのガンちゃんとやらに千晴が気に入られたと？　だから毒を出さなかった」

「そ、そうです。ガンちゃん、僕が撫でるときは毒をしまってくれるから」

そうは言っても、主以外にそんなことをするわけがない。

「あり得んだろう」と言いかけて、しかし龍明は思い出して口を閉じた。そうだった。白狼のときも、千晴はすぐに手懐けてしまった。

「龍明さんは毒を出されたんだ？」

ぷっと馬鹿にしたように笑って、千晴が龍明を指差した。その指を摑んで力を込めると、「いだだだ」と大袈裟に叫んでさらに続ける。

「そうやって怖い顔するから！」

「うるさい」

ぴっと人差し指で空を切る。千晴の口が塞がれ、やっと静かになった。だが、なおもその目が龍明をからかうように細められる。

「……千晴さん、すごい」と、感動したように、有星が手を打って目を輝かせた。「兄さんをここまで怒らせるなんて」

「有星、それは褒められるべきことじゃないだろう」

「あっ、ごめんなさい」

謝ってから、しまったと口を塞ぐ。やはりまだ謝罪癖は治っていないらしい。だが、今の謝罪は適切だったように思う。龍明は眉間のしわを解いて、ついでに千晴の呪も解いた。

「あー、苦しかった。俺もそれ覚えて絶対使ってやる」

「誰にだ？」

千晴の言に龍明が鋭い視線を向けると、千晴はそそくさと有星の後ろに隠れようとした。が、いかんせん身長が三十センチ以上違う。屈《かが》んでもはみ出ている。

途端に馬鹿らしくなり、龍明はふたりに背を向け、鼬の識神を呼んだ。

「うわっ、可愛い」

蛙と同じ感想を鼬に言い、千晴が有星の後ろから出てくる。

「この山の中には何匹かまだ調伏していない妖や物の怪がいる。今日は有星と一緒にどれか一匹でも調伏して識神にしてこい」

「調伏のやり方は？」

「昨日教えただろう。主人と認めさせるために、叩きのめして瀕死状態にすればいい。動けなくなったところで契約の言質を取れ」

「真珠はそんなことしなくても識神になってくれたけどな～」

龍明のやり方に納得していないようで、千晴は唇を尖《とが》らせている。隣の有星も、どこか不安そうというか、嫌そうだった。

「なんだ？　文句があるのか」

淡々とした声で訊けば、慌てて首を横に振る。しかし、龍明の機嫌を窺いながらも、有星は千晴に訊く。

「千晴さんって、どんなふうに白狼を調伏したんですか？」

「俺？　いや、俺の識神になってくれるか訊いただけ。そしたらいいよって」

「それだけで？」

驚きに有星の目が見開かれた。無理もない。龍明もそうだった。

「龍明さんはあんなこと言ってるけどさ、闘わなくて済むならそっちのほうがいいよな」

その言葉に、有星が笑みを浮かべる。

「そ、そうですよね。僕も本当は、」

「有星」

何を言わんとしているのかわかり、龍明は遮った。自分の弱さを棚に上げ、闘いたくないからと千晴の意見に乗っかるのは見過ごせなかった。

「千晴はまだ妖どもの本質を知らない。生温《なまぬる》いことを言って甘やかし、大事《おおごと》になったら責任を取れるのか？」

「う……、あの、」

「取れないだろう。妖は善ではない」

ぴしゃりと言い切った龍明に、有星は項垂《うなだ》れるほかなかった。泣きそうに目尻を下げ、俯《うつむ》く。

「だとしてもさ」

それを庇《かば》うように、千晴が一歩前へ出た。

「悪ばっかりってわけでもないだろ。真珠とか、ガンちゃんみたいに」

ねえ？　と千晴が振り向いてガマガエルにウインクする。ゲコッとガマガエルが鳴いた。

「私には毒を出すような奴がか？」

「それは、龍明さんがガンちゃんを怖がらせるから」

「馬鹿らしい」

話が通じなくて、苛々する。龍明はしっしと手を振り、ふたりに言う。

「昼までに識神をつくること。いいからさっさと行け。有星は千晴の面倒を見ろ。決してひとりにはするなよ。油断もするな」

「わ、わかりました」

「行ってきまーす」

けろっとした顔で、千晴が手を振る。鼬をつけ、何かあれば報告するよう命令する。

ふたりと二匹が視界から消えたのを確認し、龍明は痛む頭をさすった。果たしてふたりはきちんと調伏してこられるのだろうか。

そこではたと思い出す。そういえば、千晴には攻撃性のある方術の使い方を教えていない。邪気への祓詞は、妖にはほとんど効かない。せいぜい動きを鈍くさせる程度だ。

だが、不思議と千晴が襲われて怪我《けが》をするという不安はなかった。おそらく本人も、自分ができないとは露ほども思っていないだろう。千晴の顔からもそれが見て取れた。無意識でやっているという方違えも、発動していない。

「有星もいるし、大丈夫か」

お守《も》りから解放され、やっと静かな修練の時間が取れる。まずは異界から白狼たちと、まだ千晴には見せていなかった白虎《びゃっこ》を呼び寄せた。

『なかなか変わった子がいるようだな』

白虎は現界させておくには霊力を消費しすぎるため、普段は滅多に出さない。だが、ずっと出さないでおくと拗《す》ねるので、こうして用がなくとも出している。

「あれをどう見る」

龍明が訊くと、白虎は猫のように毛繕いをしながら答えた。

『懐かしい気配よの。陰と陽があれほど綺麗に混じっている人間は、生まれて二千年、ひとりしか見たことがない』

「陰と陽が混じっている？　陽が強すぎる気がするが」

『龍明よ、お前はまだまだ赤子同然だ。励めよ』

ふっと馬鹿にするように白虎が笑った。そう言われてしまえば、龍明には返す言葉もない。調伏している態にはなっているものの、本来この白虎は龍明の手に負えるものではない。妖や物の怪といったどこにでもいるものではなく、聖獣と言われる異界の神なのだ。今は気まぐれで龍明の識神になっているものの、気が向いたときでないと手を貸してくれない。ほとんど世間話をする茶飲み友だちのようなものだった。

「そのひとりというのは、晴明様だろう」

『そうだ。もちろんあの色男ほどではないが、現代人にしては均衡が取れて心地いい気だ。成長したらお前など簡単に負かされるだろうな』

「やはり門蔵家の当主にはあれのほうがいいと思うか」

珍しく沈鬱《ちんうつ》な龍明に、白虎が毛繕いを止めて覗き込んでくる。

『あなや。驚いた。気位の高いお前がそれを言うか』

「私は家のために在る。どう足掻《あが》いても私があれに負けるというのなら、譲るしかないだろう」

『その割に、納得していない顔だ。いくら理性的に考えようとも、やはりお前は気位が高い。そして顔に出ずとも心の裡《うち》には激流がある。今の当主はお前の気質には気づいていないようだが、はてさて、面白《おもしろ》い――いや、厄介なことになったの』

白虎は面白がっている様子を隠しもしない。

『しかし、あれは地位を望まないだろう。望まぬ者に当主になれと迫るのも酷なこと』

「望む望まぬの問題ではないのだ。知っているだろう、白虎殿なら」

千晴の才が血族にばれれば、本人の意思など関係なく祀《まつ》り上げられる。陰陽師は実力主義だ。そうやって今までの歴史が紡がれてきた。

『人間とは難儀なものよの』

ふんっと鼻を鳴らし、白虎はごそごそと龍明の手荷物を漁《あさ》った。風呂敷の中から重箱を取りだし、器用に蓋を開ける。中に入っているのは母特製のおはぎだ。白虎が毎回食べたがるので、現界させるときには用意している。

『これよ、これ。お前の母は菓子づくりがほんに巧《うま》い。母の識神になりたいくらいだ』

「やめておけ。母にはほとんど霊力がない。お前を出したらすぐに死ぬ」

『わかっている。それに比べ、お前は赤子同然だが、その辺にいる人間よりも強い赤子だ。少なくとも、我が力を貸す程度にはな』

やけにやさしい物言いに、まさか励まされているのかと龍明が眉を寄せると、白虎はまた『あなや』と驚きの声を上げた。

『本当にどうした、龍明よ。能面のような貌《かお》だったのに、随分とわかりやすくなった』

そう言われ、龍明は自分の頬に触れた。そんなに顔に出ているだろうか。

「私らしくないか。だったらなおさら、白虎殿に言われたとおり励むことにしよう」

呪を唱え、位相を展開する。白虎と白狼を引き連れての位相への移動は、かなりの霊力を消耗する。

髪が伸び、狩衣へと変装した龍明を見て、白虎がぐっと背筋を伸ばす。

『ほんに、その姿なら、あやつと瓜《うり》二つなのだがな』

あやつとは、晴明を指す。その昔、白虎は晴明の識神だった。白虎だけでなく、晴明は四神《しじん》と呼ばれる聖獣たちをすべて従えていたという伝記もある。白虎が龍明に力を貸してくれるのは、この容姿のおかげもあるかもしれない。

「そろそろ大物が出てくる時期か」

石机に着き、龍明は占術の準備を始めた。式盤《しきばん》を取りだし、得意な六壬式占《りくじんしきせん》を行うことにする。最近退治した妖の出現場所や、憑《と》りついていたものなどから、次の災いを識《し》るためだ。このところ雑魚ばかりしか退治していなかったため、周期的にそろそろ手強《てごわ》い妖が現れても不思議ではないのだが、何度占ってみても、その予兆さえ感じられない。

『キナ臭い結果よ』

白虎が式盤を見つめて言った。

「白虎殿もそう思うか」

試しに易筮《えきぜい》も試みるが、結果はさほど変わらなかった。凶兆はなしだ。つまり、しばらくは妖がおとなしくしているということ。

本来なら喜ばしいことだが、どうにも腑に落ちない。肌がざわつくような、そんな感覚がしている。白虎も同じ思いでいるらしかった。

まるで、何者かによってわざと隠されているような――……。

しかし占術は妨害などできるはずもない。

もう少し慎重に占ってみるかと、龍明がもう一度、今度は別の式盤を出そうとしたとき、識神の鼬が呼んだ。

「何かあったのか」

訊ねるが緊急性はなさそうで、どうやらもう調伏を済ませて帰ってきたようだ。白虎に残りのおはぎを押しつけ、現界と位相を解けば、疲れ切った様子の有星と、ウキウキとスキップをしながら戻ってくる千晴が見えた。

「どうだった」

「狐がいた！」

元気よく千晴が答えた。その足元には子狐の物の怪がいた。至って普通の物の怪で、少し肩透かしを喰らう。千晴ならもっと変なものを連れてきそうだと思っていた。

有星のほうは、十センチほどの蜘蛛《くも》を肩に乗せている。黒や灰色ではなく、紫色だ。色からしてそこそこ位の高い個体だろうが、小さすぎる。見つけたらすぐにでも調伏できそうだ。

しかしそれにしては有星がやけにぐったりしている。

「その蜘蛛一匹でその有様か？」

「あー……」

それに答えたのは千晴だった。先程までの笑みを引っ込め、首の後ろを掻きながら、説明する。

「実は、ちょっと厄介なヤツに捕まっちゃってさ」

「そうなんです」

有星が座り込み、蜘蛛を異界へ還《かえ》す。

「厄介って、どんな」

この山の結界は、人除けのほかにもうひとつある。それは、中の妖を外に出さないようにするための結界だ。一度入れば、結界を壊さない限りは出られないという強力なものだった。だが、これにはひとつ欠点があった。外から中に入るぶんには、なんの足止めもないことだ。

だから、うっかり凶悪な妖が入ってくるのを止められない。

とはいえ、そんなものが入ってくれば気配でわかる。千晴も方違えをするはずだし、つい先刻行った占術にも予兆があるはずだ。つまり千晴の言う厄介というのは、強さではないということ。

「女の鬼です」

有星が再び立ち上がり、言った。

「もう狐も蜘蛛も調伏し終わって、ここに戻る途中で出会ってしまって。僕が退治しようとしたら、可哀想だろって千晴さんが止めて……。そしたら、」

はあ、と有星がため息を吐いた。何をやらかしたんだと龍明は胡乱《うろん》な目で千晴を見遣る。

「その、鬼女が千晴さんに惚《ほ》れ込んでしまったらしくて」

「ああ」

龍明からも、ため息のような声が洩《も》れた。

そういうタイプの鬼は、厄介だ。いくら調伏しようとも、主に惚れた鬼は主を独り占めしようと異界での秩序を乱す。使役しようにもうまくいかないことのほうが多い。小鬼ではなく大人サイズの鬼なら、なおさら。

「さすがにヤンデレが過ぎるかなって、識神にするのはやめて、なんとか巻いて逃げてきたってわけなんだけど……」

「それで正解ですよ」

「やんでれ？」

知らない単語に、龍明が首をわずかに傾げた。

「好きな人に病的なまでの執着を示す人のことです」

有星が答え、困った顔で続ける。

「調伏ではなく退治してしまったほうがやっぱりいいと思うんですけど、千晴さんが止めるんですよね」

「なぜ止める」

龍明が訊くと、「だって」と千晴が唇を尖らせた。

「まだ何も悪さしてないのに可哀想じゃん」

「お前なあ」

やはり、妖というものがわかっていない。危険なものだといくら言っても聞かない。邪気や妖を避けて生きてきたと言うくせに、だ。

「いいか、邪気からつくられるのは、大抵人間に恨みを持った妖だ。だから妖には悪が多いと言っているんだ。特に鬼はそうだ。識神にできるのは、脅威のない小鬼程度。大きくなってしまった鬼はそれだけ人間への恨みがある。その恨みを晴らさない限りは決して相容《い》れない存在だ」

「あの鬼も人間への恨みが？　でも、それにしては俺には好意的だったよ？」

「有星にはどうだった」

「目もくれてなかった」

「目に入ったら攻撃してきただろうな」

「そうかな？」

なおも納得いかなそうに、千晴が言う。

「押しが強くて困ったのは困ったけど、怖い感じはなかったよ」

これ以上言っても水掛け論になりそうだ。龍明は説得を諦め、山を出ることにした。あとで分家の誰かを遣ってこっそり退治させればいい。修練にもなってちょうどいいだろう。

「今日はここまでにして、見つかる前に帰ろう。千晴は狐を異界へ送っておけ」

「うん。形代に名前を書いて、帰れーって言えばいいんだっけ。でもこれ、形代がなくなっちゃったらどうなるの？　まさか、死んじゃう!?」

「そんなわけないだろう。形代はあくまで繋ぎだ。別の形代を用意して召喚すればいい」

「でも、龍明さんはいつも同じのを使ってるよね」

千晴が訊いた。やはりよく見ている。

「私はいちいち別の形代を用意するのが面倒で常に持っているだけだ」

「へー。形代って人型の紙を用意すればいいの？」

その質問には、有星が答える。

「いえ。紙でもいいですが、草木や花なんかも形代になります。実際兄さんはそれでも小鬼を出せますし」

「ああ。そういえば！」

小鬼の代わりに掃除をさせられたときのことを思い出したらしい。千晴はぽんっと手を打った。

「そのほかにも、毛髪や爪も形代になるらしいですよ。でも、僕は使ってる人を見たことはありませんけどね」

それはそうだ。髪は細すぎて、霊力を通すのが難しいとされている。使役するには術者の名を書く必要があるが、髪の毛には名を書けない。それに、いちいち髪の毛を抜くよりも、紙やその辺にある草木のほうが使い勝手がいい。特に草木はどこにでもあるのだから。

「髪で識神を召喚なんて、安倍晴明みたいだな」

無邪気な声で、千晴が言った。それに、龍明がむっと顔をしかめた。有星も唇を引き結んで何か言いたげな表情になる。

「様をつけろ、様を」

言われてようやく気づいたようで、千晴は「やべっ」と頭を下げた。

「そうだよな。俺的には漫画でよく見るキャラクターって感じだけど、龍明さんたちにとってはご先祖様だもんな」

「わかればいい」

白狼に周囲を警戒させつつ、山を下り、結界の外に出た。

久しぶりにジャンクなものが食べたいと千晴が駄々を捏《こ》ねたので、有星に付き添わせることにして、龍明自身は先に家に戻った。すると、昼には珍しく父がいて、千晴の様子を訊いてきた。

「千晴くんはどうだ？　使い物になりそうか」

「ええ」

あれからいろいろ考えているが、龍明はまだ父に千晴の才を打ち明けるかどうか迷っていた。

言えばおそらく、千晴を跡取りにと言いだしかねない。しかしまだ、千晴がその才を使いこなせるほどの器かどうか、見極められていないのも事実だ。それが確定してからでも遅くはない。

そう自分に言い聞かせ、千晴は答える。

「もう邪気祓いも覚えました。私の白狼も一匹譲りましたし、あれならひとりでも低級の妖程度なら問題ないでしょう」

「そうか」

邪気祓いができるようになったと言っても、父は眉ひとつ動かさなかった。千晴がここに来てまだ三日だ。それなのにもう邪気祓いができるとなれば、もっと驚いてもいいだろうに、と龍明はつーっと嫌な汗が背中を伝うのを感じた。

まさか、父にはもうばれているのだろうか。千晴が龍明よりも優れているとわかっていて、わざと龍明の対応を見ようとしているのかもしれない。父の顔色を窺ってみるものの、その心情は読めそうになかった。

いくら龍明のほうが父より陰陽師として格上だとしても、人生経験は当然のことながら敵わない。人間同士の腹の探り合いも、父は狡猾《こうかつ》で巧かった。そのおかげで、門蔵家は今や政界との繋がりが太く、各方面に恩を売りつけ、裏稼業とはいえ、陰陽師の立場は今代《こんだい》で安定しつつある。

パッと見は人の好《よ》さそうな小父《おじ》さんにしか見えないのに、気づけば相手の懐に入っているという、煙のような人だ。将来父のようになれるかというと、いくら龍明でもそこまでは無理だろう。だが、父のつくったコネクションを切らさないようにすることはできる。そのための圧倒的な実力だった。

「午前中は、有星とともに山で調伏の修練をさせました。千晴は子狐の物の怪を調伏していました。特に変わった点はないようです」

「そうか」

また同じように頷き、父はパンパンと手を叩いた。父の識神が昼食を持ってやって来る。今日は鯖《さば》の塩焼きがメインのようだ。

「有星はどうだった」

「はい、子蜘蛛を調伏したようです。紫だったので、育てれば使えるかと」

そう答えると、父は「うーん」と目を閉じて上を向いた。

「何かありましたか」

「いや、実は有星に婿入りの話が来てるんだ」

まさかの回答に、龍明は言葉に詰まった。しかしすぐに「どこの家ですか」と訊き返した。

父の前で動揺を見せてはいけない。跡取りは本心を表に出してはいけないと言われて育ってきた。

それは父が相手でも同様だ。

「うちの傍系ではなく、とある政治家の娘なんだがね。懇意にしているところで、家柄もいいし、陰陽師の存在も知っている。ぜひその血を取り入れたいと申し込まれて」

「なるほど」

有星を婿入りさせた暁には、ますます門蔵家が政界へ入り込めるというわけか。しかし、有星がそんな世界でうまくやっていけるとは到底思えなかった。

「お前はどう思う、龍明」

「私は……」

正直に感想を述べてもいいものか。しばし逡《しゅん》巡《じゅん》する。

そしてはたと気づいた。

千晴の実力を父が知れば、婿入りの役目が自分に回ってきてもおかしくない、と。むしろ、自分のほうが適任だ。有星よりはうまく立ち回れるだろうし、猫を被《かぶ》るのは慣れている。

「龍明？」

父に名前を呼ばれ、龍明はいつの間にか伏せていた視線を上げた。

「そうですね。有星にはもう少し自信をつけてもらわないといけないと思います。門蔵家の人間として、誇り高く在れるように」

「まだ相応ではないか」

「今の段階では、です。鍛えればどうにでもなりましょう」

「それもそうだな」

頷いて、父が箸を動かしはじめた。龍明もそれに倣って料理に手をつけた。だが、今日の昼食の味を感じることはできなかった。


一緒にジャンクフードを食べにいった日から、有星が妙に千晴に懐いてしまった。

学校から帰ってくると、すぐに千晴の部屋に向かい、一緒に方術の修練をしているらしい。千晴も千晴で、弟ができたみたいだと満更でもなさそうだった。

自主練をしてくれるぶんには問題ない。だが、静かだった中庭が騒がしくなってしまったのはいただけない。なにせ、常に真珠と金剛《こんごう》（例の子狐だ）が走り回っている上、有星の蛙と蜘蛛（ピオと名付けたらしい）も仲間に加わって遊んで、もとい、鍛錬に励んでいる。

「龍明さんももう少し有星くんみたいに笑えばいいのにねー」

休憩中、膝に乗った雲母をだらしない顔で撫でていた千晴に、様子を見にきた龍明が「阿呆に見える」と注意すると、そう反抗が返ってきた。

「私のこれは他人に隙を見せないためだ」

「ここには身内しかいないし」

「私とお前は他人だ」

冷たく言い放ったにも拘らず、千晴は「またまたぁ」と肘をくいくいと上げてみせた。

「俺は龍明さんも有星くんも兄弟だと思ってるし」

ねえ、と千晴が有星に同意を求めた。それに、恥ずかしそうに有星も頷く。もうすっかり千晴に心を開いているようだ。

「私はこんな弟はいらん」

真顔で言った龍明に、「で、でも」と有星が返す。

「千晴さん、本当にすごいんです。僕、印を結ぶのももたもたするし、呪がないと識神を呼べないのに、千晴さんは全部何もしなくてもできちゃうんです！」

「は？」

思わず、龍明は眉間にしわを寄せた。その顔に怯え、有星が視線を逸らした。

有星の言ったことが本当なら、前代未聞だ。

「やってみろ」

龍明は千晴に命令した。

「いいけど」

千晴は立ち上がるでもなく雲母を膝に乗せたままの格好で、「金剛、一瞬戻って」と言い放った。すると、中庭で真珠と駆け回っていた金剛の姿が消え、千晴の手元に形代が落ちてきた。確かに異界に送ったらしい。

そうして、続けざまに「もういいよ」と合図を出す。すぐに形代から金剛が現れて、千晴の隣に座った。

それを見て、「なんだ」と龍明は息をつく。

「呪の代わりの言葉を唱えているだけだろう」

呪は本来、霊力を練りやすく、かつ使う方術を限定するためのものだ。陰陽師には決まった呪があるが、それはあくまで修練しやすくするためのもので、本来、霊力の練り方は人それぞれだ。祝詞もそうで、神職は神への祈りとして奏上しているかもしれないが、陰陽師の場合は集中するためにそれを唱える。

だから、極めれば、千晴のように適当な言葉でも方術は使えるのだ。

しかしあくまでも極めれば、の話だった。龍明でさえ、呪もなしに使えるのは数えるほどだ。それでも印は結ばなければならない。たとえば、うるさい口を閉じるときのあの方術だ。人差し指を真横に振らなければ、発動しない。

「それがすごいのに」

有星が言った。千晴を認めようとしない龍明が不満なようだった。

「今はひとつしか覚えていないからどうとでもなるが、ほかの方術を覚えるときにノイズになる。それがわからないでもないよな、有星」

龍明が返すと、有星ははっとして項垂れた。龍明はさらに続けた。

「毛色の違う新参者に心酔するのは構わんが、自己研鑽を放り投げるべきじゃない。こっちのやり方のほうが楽そうだから、で真似をすると破滅するぞ。ただでさえお前は鍛錬が足りないのに、逃げ道ばかりを探そうとするのは悪い癖だ。父さんからも散々――」

「そんなことないよ」

龍明の言葉を遮って、千晴が言った。

「有星くん、別にサボってもないし、一生懸命やってるよ」

「お前には関係ない」

千晴をキッと睨みつけようとして、しかし龍明は彼の表情に怯んでやめた。千晴は有星が可哀想だから庇っているわけではなく、単に事実を述べているだけのようだった。

「龍明さんは、難しい数学の問題、解ける？」

「は？　数学？」

龍明は訊き返した。突然、まったく関係のないことを言われる意味がわからなかった。

「うん。東大《とうだい》の入試の問題でもいいよ。一年間時間をあげるから、絶対に合格してこいって言われたら、できる？」

「それは……」

龍明の専攻は歴史学だ。数学は基礎さえできていればそれでいいと高を括《くく》り、高校でもそれほど力を入れて勉強してこなかった。それを一年で東大に受かれと言われても、土台無理な話だ。そもそも、暗記系は得意でも、数学は苦手だ。

「できないよね。俺だってできない。つまりそういうことなんだよ」

一体なんの話をしているのだと、龍明が今度こそ千晴を睨むと、彼はポンッと有星の肩に手を置いて、言った。

「自分には簡単なことでも、他人には難しいこともある。龍明さんには簡単にできる方術でも、有星くんには難しい。それをできるようになるには、龍明さんの何倍もの努力がいる。有星くんはそれをしていないんじゃない。結果になるのが遅いだけ。数学が得意な人が簡単に難問を解いちゃうのに、龍明さんにはなかなかそれができないように」

恵まれてるんだよ、と千晴は続けた。

「龍明さんは方術が得意。努力するのも得意。するするできるから、さらに高みを目指せる。すごいことだと思う。でも、そうじゃない人のことを馬鹿にするのはダメだ。そんなことをしてたら、将来自分よりすごい人が出てきたときに、同じことを言われて惨めになるのは龍明さんだよ」

最後の一言に、胸を貫かれるような気持ちになり、龍明はぐっと拳を握った。

それはまさに、目の前の男に感じていることだったからだ。

今でさえ脅威に感じているのに、もし将来、不安が的中し、千晴に追い越されてしまったら、他人に「努力が足りない」と言われたら、龍明は乱心するだろう。お前に何がわかる、と。確かにもっと努力すればいいのかもしれない。その覚悟もあるし、諦めないという自負もある。だが、自分で思うのと他人に言われるのとでは、ダメージが違う。千晴本人に言われたら、なおさらだ。

そして考えたあと、自分事としてはこんなにも容易にイメージできるのに、有星の立場には立とうとしてこなかった自分に龍明は気がついた。

じっと有星を見つめる。

優秀な兄と比べられ、その兄からは先程のように責められ、有星にはいつの間にか謝罪癖がついていた。その卑屈さの原因が龍明にあるとはわかっていても、自分のせいではないと顔を背けていた。有星の努力が足りないからだ、もっと本気で修練を積めばマシになるのに、と。

しかしよくよく思い返せば、有星は修練が嫌だと言ったことは一回もなかった。妖退治に未だにひとりで行かないのも、自分が不出来だと龍明が思わせてしまったせいで、荷が重いと感じているのならば、仕方のないことかもしれなかった。

静かに呪を唱え、片目を赤く染める。龍明の右目の中に、五芒星がくっきりと現れた。

数年前に見たときよりも、有星の周りにある霊力が格段に増えていた。修練を積まなければ、霊力は減っていくものだ。これは有星が逃げていなかったという何よりの証でもあった。

驚きに目を瞠《みは》った後、ふっと力を抜き、龍明は方術を止めた。

「千晴の言うことはあながち間違っていなかったようだな」

「兄さん」

有星が恐る恐る顔を上げた。怯えた弟に歩み寄り、龍明はその肩を叩く。

「お前は、自分がどの程度のレベルの陰陽師かわかっているか？」

「えっと、まだまだ新米で、使えなくて……」

有星の顔がまた伏せられた。その両頬《ほお》を手で挟み、龍明は言った。

「もちろん、私には遠く及ばない。お前が十の努力で摑み取るものを、私は一の努力で手に入れる。私はこの世に存在する陰陽師の中で一番優秀だ。父でさえ方術は私の足元にも及ばない」

「わ、わかってます。兄さんがすごいことは。それに比べて僕は出来損ないだってことも」

有星がきゅっと唇を嚙みしめた。龍明がちらりと千晴を見遣ると、彼は薄《う》っすらと笑みを浮かべてこちらを見守っていた。龍明が何を言わんとしているか、正しく理解していた。

「いいか。お前は三番目だ」

念を押すように言われ、有星は惨めさを感じたのか、目に涙を浮かべた。

龍明は両手に力を入れ、無理やり有星と目を合わせた。そして繰り返し、言う。

「三番目なんだ、有星。門蔵家じゃなくて、陰陽師の中で」

「え……？」

瞬きに、涙が弾けた。

「傍系を含め、陰陽師として生きている者はそう多くはない。だが、数百はいる。その中でお前の霊力の高さは三番目だと言ったんだ」

妖の気配が視える目を持つだけでも有能だ。そして傍系の中でその目を持つ者は、専業兼業問わず、陰陽師として全国各地で暗躍している。彼らの頂点に立つ門蔵家に生まれ、有能な目を持つからには、龍明も有星も厳しく育てられる運命にあった。

その運命を諾々と受け入れ、己を律し、他にも厳しく生きてきた龍明にとっては、できることが当たり前だった。人の上に立つことが当然の人間だと思っていた。下を見る必要性も感じてはいなかった。

だから、有星の成長に気がつかなかったのだ。いや、成長を成長とすら思っていなかった。普通の陰陽師は、妖一匹を調伏するのにも苦労すると聞いていたはずなのに。自分の置かれた環境が当たり前だと信じ込み、そのことをすっかり忘れていた。

有星は、普遍的に見ればかなり優秀な陰陽師だ。もうひとり立ちしてもおかしくはないくらい。少なくとも龍明の目にはそう見えた。

「私が説教ばかりするものだから、勘違いしていたのかもしれないが、お前はもう十分に仕事ができる一人前の陰陽師だ。この前の鎮宅祭も、お前が行ったってよかったし、その辺にいる妖だって一瞬で退治できるだろう。鍛錬が足りないと言ったのは、お前ならもっとできるから期待しているという意味でだな……」

言っていて、だんだんと恥ずかしくなってくる。色白なぶん、龍明は顔が赤くなるのがわかりやすい。だが、今まで照れたことがなかったため、それを本人が知る由もなかった。

有星が、きょとんとした目で兄を見上げる。そして、目の前の光景が信じられなくなったのか、目を泳がせ、その先にいた千晴に助けを求めた。

「本心だと思うよ」

千晴は大きく頷き、立ち上がったと思えば後ろから龍明の肩に両手を乗せた。

「ねっ、龍明さん」

「やめろ、暑苦しい」

その手を払い除《の》けつつ、龍明はふたりに背を向けた。それが不貞腐《ふてくさ》れているように見えたのか、千晴の声がからかうようなものになる。

「照れちゃって～！　龍明さんって案外可愛いとこあるんだな」

「うるさい」

「どんな顔で言ってんの？」

千晴がわざわざ回り込んで龍明の顔を覗こうとする。さすがに苛つきが表に出て、龍明は彼のその顔面を手で摑んだ。そして方術で口を閉じさせる。

「んんんっ！」

なおも喋ろうとする千晴の脛《すね》を軽く蹴ると、大袈裟に痛がって畳に寝転んだ。

「ははっ」

有星が声を立てて笑った。滅多に見ない笑顔だった。なぜか、胸の中に安堵《あんど》が広がる。

「兄さんでも、そんなふうに子どもっぽいことするんだ」

「こいつのせいでな」

転がった千晴を、また軽く蹴る。真珠と金剛が慌てて寄ってきて、主人を護ろうと龍明を睨んだ。

それを千晴本人が制し、起き上がる。呪を解除してやると、千晴はぽんっと龍明の頭に手を乗せた。

「龍明さん、よかったな」

途端に、また猛烈な羞恥が龍明を襲った。

せっかく赤みが消えたと思ったのに、ぶり返してしまった。ぱっと片手で顔の下を覆い、龍明は部屋を出る。その背中に、また千晴が言った。

「龍明さんもいつも頑張っててえらいと思う」

油断していたところに、さくっとその言葉が刺さった。

「……何様のつもりだ」

脅すように睨んだはずなのに、千晴はへらへらと笑って手を振った。まったく効いていないようだった。

「ふん」

鼻を鳴らし、廊下に出る。中庭からずっとこちらを見ていたらしいガマガエルと目が合い、そのぼうっとした間抜け面に毒気を抜かれた。


千晴が門蔵家に来てひと月が経った。

方術の修練は順調と言えば順調で、今では有星ができることのほとんどを千晴もやってのけるようになっていた。龍明が口止めしているので、何がどうできるようになったのかは本人からも報告させてはいないが、父も薄々勘づいているのだろう。千晴に期待するような言葉を時折かけてやっているようだった。

嫉妬は、もちろんある。きっと、このままのペースで千晴が成長するのならば、一年も経たないうちに龍明に追いついてしまう。

しかし、気づいたときほどに焦りはない。いくら実力主義だとはいえ、千晴にその気がなくては当主にはなり得ないし、千晴にその気が芽生えるようには到底思えなかったからだ。方術がうまく扱えるようになるにつれ、野心も芽生えるかと思ったが、そんな気配は一ミリもない。

千晴は根っからの陽で、善だ。世話になった龍明を押し退けてまで、権力を手にしたがる人間ではない。たとえ当主に推挙され、無理やり押し切られたとしても、龍明がいなければ切り盛りできないだろうし、追い出されることもないはずだ。そうすれば実質の権力は龍明の手中に在るも同然だった。

門蔵家が衰退しなければ、それでいい。龍明はそう結論づけて、腹を括った。だが、父にすべてを話していないのは、まだ千晴のことを数パーセントは疑っているからだった。慎重すぎる気もするが、性分なので仕方がない。

当の千晴は大学にもすっかり馴染み、龍明の友人と話すことも多くなった。

馬鹿が露呈するからあまり喋るなと当初は言っていたが、千晴がそれを守れるはずもなく、このひと月で品のなさがばれてしまった。その一方で、講義で寝ることはなくなったし、真面目に講師の話を聴くだけの好奇心と頭脳もあるようだった。

それに加え、千晴の喋り方を龍明ほど気にする者もおらず、むしろ親しみやすいと評判になった。千晴だけでなく、龍明のこともそうだ。

「だけど、門蔵くんが意外と面倒見がよくて驚いたよ。御占くんみたいなタイプとは絶対つるまないと思ってたから」

講義終わり、教室に残って話をしていたときのことだ。柳井が笑ってそう言うと、周りもこぞって頷いた。
「そう！　門蔵くんって皆とは一線引いてるイメージだったけど、御占くんとはそうじゃないってい
うか、お兄さんみたい」
「そんなことないけどな」
ははっと笑って誤魔化すが、龍明の頬は引き攣《つ》っていた。まさか皆と距離を取っていることに気づ
かれていたとは思っていなかったのだ。自分の演技の浅さが見え、父のようにはなれないなと改めて
思ってしまった。
「でも、龍明さんは本当に面倒見がいいよ。小言は多いけど、俺のためだってわかるし、めっちゃ助
かってるもん」
座っていた龍明の背後から、千晴がのしっと覆いかぶさってくる。
「離れろ。鬱陶しい」
それを押し返していたら、皆が「これこれ」と指を差してきた。
「門蔵くんが怒ってるの、今まで見たことなかったもんな。御占くんと話してるの見て、やっと人間
なんだって実感したわ」
「そんなふうに見られてたのか」
一般人として溶け込めていなかったことを反省しつつ、指を振って千晴の口を閉じさせる。
隙を見せないように振る舞ったことが逆に不審だったのか。まだまだ精進しなければならないが、

友人というのがどういうものか、龍明にはよくわからない。

ゼミの飲み会には嫌々ながらも参加していたが、そのほかに誰かと飲みにいったことはなかった。それどころか休日に誰かと待ち合わせをして遊んだ経験もない。学業以外は常に陰陽師の仕事か方術の修練に充《あ》てていて忙しかったし、遊びになど興味を持つ暇がなかった。

「まあ、僕らともそのくらい仲良くしてくれたら嬉しいなってことで」

柳井が締め括ったので、この話はこれで終わりそうだ。龍明はもう一度指を振って千晴の口を解放してやった。

「ああ。実は人見知りで。皆と話すときは今も緊張するから、そう感じさせてしまっているのかもな。今後は気をつけるよ」

笑顔でそう言った龍明に、後ろで千晴が盛大に吹き出した。呪を解くのが早かったかもしれない。机の下でさっと印を結ぶ。すると今度は、どこかから本が飛んできて、千晴の後頭部を直撃した。

「いっ」

突然蹲《うずくま》った千晴を心配する振りで、龍明は席を立つ。

「どうした？　ああ、頭に当たったのか。一体誰がこんなことを……。念のため医務室に連れていくよ」

ぽかんとする皆を残し、龍明は千晴の腕を取ると無理やり立たせて教室を出た。

「酷くない？」

犯人が龍明だと知っている千晴が、恨めしそうに言った。

「うるさい。お前が笑うからだろう」

「だってさ～。未だに龍明さんのキラッキラの笑顔が面白くて」

「人の顔に文句をつける気か？」

「いや、麗しいご尊顔には文句はないけど。人見知りってのも面白すぎたし。いや、でも案外当たってるのかもな」

うーんと悩む素振りを見せ、千晴が隣に並んで龍明を覗き込んでくる。

「人見知りってか、コミュ障か」

「は？」

心外な言葉が聞こえてきて、龍明は思わず眉間に深いしわを刻んだ。しかしそれにも怯まず、千晴は続けた。

「人と関わらなさすぎて、距離感摑めてないよね。それって立派なコミュ障じゃね？」

先程友人たちに「一線引いてる」と言われたばかりでは、反論のしようがなかった。

「それでもちゃんと友人がいるんだから、別にいいだろう」

「それはそうだけど。友だちって、もっとなんでも話せたりするもんじゃないの？」

疑いのない目で、千晴が言った。

「お前だって友人がいないくせに」

はっと鼻で笑ってから、龍明はしまったと後ろ暗い気持ちになった。昔、千晴はその目のせいでいじめられたと言っていた。それに何より、千晴には〝縁〟がない。本来なら何本も伸びているはずの縁が、千晴はほとんど切れているのだ。

「……まあ、そうだよな。俺が言うなって話だよな」

ははっと失笑し、しかし千晴は気を取り直したように言った。

「あっ、でも、友人はいなくても、龍明さんや有星くんっていう新しい家族ができたからそれでいいや。天道さん夫婦もやさしいし。龍明さんももうそれでいいだろ」

「千晴」

無意識に、名前を呼んでいた。

「ん？　何？」

何を言いたかったのか、龍明自身にさえわからなかった。しばし無言で考えて、ふわりと浮かんできたのは、千晴への憐憫《れんびん》だった。それから、言い過ぎたことへの後悔だ。

「だったら、もうさん付けはしなくていい」

謝罪の代わりに、こんな言葉が口をついて出た。

「有星にもくんを付けなくていい。前々から思っていたが、お前みたいなチャラついた奴にさん付けされるとぞわぞわする」

「いいの？　だって、礼儀を弁《わきま》えろって言ったの、龍明さんじゃん」

「タメ口の時点で礼儀も何もないだろう」

今さら気づいたようで、千晴がはっとした顔になる。あまりにも遅すぎる気づきだ。

「じゃあ、龍明で」

「ああ」

頷いてから、龍明は無性に恥ずかしくなり、千晴を置いて歩きだす。そして、背を向けたまま、彼に言った。

「頭、怪我はしていないか」

「ん？　ああ。大丈夫だよ。俺、頑丈だから」

「悪かった」

龍明が謝ると、ついてきていた足音がなくなった。どうしたんだと振り返れば、龍明と同じように顔を赤くした千晴が突っ立っていた。

「龍明が謝るなんて」

「どれだけ私が悪人に見えていたんだ、お前」

「うそうそ！　冗談！　聞いたことがなかったから驚いただけ」

「私だって非があれば謝る」

言い返すと、「えー」と千晴が目を細めた。これ以上言い争っても時間の無駄だと、龍明は肩をすくめて再び歩きだした。

「医務室行くの？」

「そんなわけがないだろう。このまま今日は帰る。講義もないしな」

「じゃあ、いつもの？」

目を輝かせ、千晴が訊いた。

「ああ」

龍明は頷いて、建物を出ると内ポケットから形代を取りだした。呪を唱えると、すぐに白狼が現れる。

いつもの、とは邪気祓いのことだ。千晴が邪気祓いを覚えてから、早めに講義が終わった日は、大学周辺の邪気を祓って帰ることにしていた。

「この前は南のほうを祓ったから、今日は反対側に行く？」

「お前はどこが一番嫌だと思う」

龍明の質問に、千晴はぐるりと周りを見渡してから、「あっち」と西を指差した。

「じゃあ西だな」

千晴は使い勝手のいい式盤だと思うことにした。占術の手順をすべてすっ飛ばして、数秒で凶の方《ほう》位神《いじん》（それらがいる方角は忌みが生じるとされている）の居場所が特定できる。それに、千晴の勘は外れない。

「あれっ」

識神を出そうとした千晴が、焦ったようにポケットを探った。

「どうした」

「やべ。形代持ってくるの忘れちゃったかも」

「適当に草木で代用すればいいだろう」

冬のキャンパス内とはいえ、それくらいは生えている。取ってくるように言ったが、千晴は逡巡したのち、何を思ったのか唐突に自分の髪の毛を抜きはじめた。

「おい。まさか晴明様の御業《みわざ》を真似しようというんじゃないだろうな」

ぎろりと龍明が睨むが、千晴はへらへらと笑っている。

「失敗したらしただし。別に何かペナルティがあるわけじゃないだろ？」

「それはそうだが」

髪の毛に名を刻むなどできるはずがないと、龍明は試したことすらなかった。

「よし、じゃあやってみますか」

千晴はどこか楽しそうにぺろりと舌で唇を濡らした。

「金剛、おいで」

そう唱えながら、手の中にある髪の毛にふっと息を吹きかける。

何をしているのだ、と龍明は訝しんだ。予《あらかじ》め霊力で名前が書かれた形代を使うならともかく、霊力で名前を書かずに息を吹きかけるだけで、識神を呼び寄せられるわけがない。

しかし驚いたことに、千晴の手の上にぽんっと丸まった金剛が現れた。

「わっ、とと。危ねっ、落とすとこだった。ごめんな、金剛」

「どうやったんだ」

まさか、本当にやってのけるとは思わなかった。龍明は鬼神のごとき表情を浮かべ、千晴ににじり寄った。金剛は龍明のあまりの剣幕に、千晴の陰に隠れてしまった。

「どうって、別に同じだよ。髪の毛に向かって、名前を刻んだだけで」

「は？　息を吹きかけただけだろう。お前まさか、私を騙そうと形代を隠し持ってたんじゃあるまいな？」

胸倉を掴み、ゆさゆさ揺すろうとする。だが、大男はまったく微動だにしない。それがますます腹立たしい。

「そんなことするわけないじゃん！」

そのやり取りに、通りすがりの学生たちが「喧嘩か？」と視線を向けてきた。龍明ははっとして、千晴を掴んでいた手を離した。それから咳払《せきばら》いをし、顎でくいっと千晴についてこいと合図をする。

歩きながら、龍明は小声でもう一度訊いた。

「息を吹きかけたら名前を刻めるという理屈がそもそもわからん。説明しろ」

「ものを頼む態度じゃないな……」

千晴がぼそっと呟いたが、気にせずに促す。龍明の白狼と金剛が横でハラハラとふたりを見守っている。

「ええっと、だからつまり、本当に名前を書くんじゃなくて、俺の名前は御占千晴です〜って思いながら髪に刻むイメージをしたっていうか」

「イメージだと？」

そんなものでできるようになるのなら、誰だって陰陽師になれる。

龍明がはっと鼻で笑っていると、千晴はさらにとんでもないことを言いはじめた。

「方術の練習してて思ったんだけどさ、俺、別にあれこれしないでも想像しただけで霊力が練れそうなんだよな」

「は？」

より一層深いしわが龍明の眉間に刻まれた。

「子どもの頃から妄想癖があって、あれこれリアルに考えてたからかな？　自分の身体の一部と世界が繋がっている、みたいな」

「さっぱりわからん」

「それに霊力の流し方を教わったから、本当になったたって感じ」

言っている意味がひとつもわからない。千晴の説明はあまりにも抽象的だった。難解すぎて龍明が首を傾げていると、いきなり千晴がその手を取った。

「何をしている」

「前に龍明がしてくれたでしょ。霊力っていうのはこんな感じだって俺の手を取って。だから、俺も龍明に教えたくて」

「あ、ああ」

そういうことか、と龍明は納得して受け入れることにした。しかし人目が気になるので、いったん手を離し、位相へと移る。

再び千晴の手に触れる。初めて千晴の手に触れたときはカサカサして触り心地が悪かった印象だったが、今はきちんと手入れされているのか、不快感はない。

感覚を鋭敏にするために、龍明は目を閉じた。

「陰陽師は、方術を言葉によって限定するって龍明は言ってたよな」

「ああ。だが、あくまでそれはその言葉を繰り返し言うことで霊力の練り方を無意識下まで身につけるためのものだ。この呪を唱えたときには、この方術を出すために、こんな練り方をしなければならない、といった具合に縛っておけば、唱えただけで練り方を思い出す。要は慣れだ。言葉自体に意味はない」

「何？」

「だから、形代も同じだと思ったんだよ」

思わず目を開けるが、千晴が髪の毛に霊力を流し込みはじめたので、慌てて閉じた。

千晴の霊力に直に触れるのは初めてだが、白虎が言っていたように整っていた。もっと熱くて激しいものだと思っていたのに、どこか春の清流を思わせる爽やかさだ。そして、熱くもなければ冷たくもない、心地いい温かさを感じる。

それがだんだんと形を変え、瞼《まぶた》の裏で文字を描きはじめた。くっきりと、視える。その瞬間、龍明はすべてを理解した。

「なるほど。これがお前の言う〝刻む〟か」

霊力を紙に書くように形代に写すのではなく、名前の概念を封じるイメージだ。これならば髪にだって刻むことができる。

「すごいな、千晴」

感心のあまり、龍明は目を開けて素直に千晴を褒めていた。いつの間にか真珠が目の前にいて、本当に髪の毛で召喚していたのだとわかった。

「……っ」

ぱっと手を離し、千晴が唇を引き結んだ。どういう感情なのだと見つめるが、じわじわと染まっていく彼の耳を見て、龍明はにやりと笑った。

「そういえば褒めるのは初めてだったか」

「褒められるの、慣れてなくて」

拳で顔を隠し、千晴が目を逸らす。龍明が視線を逸らすことはあっても、千晴がそうするのは珍しい。いつも強すぎる目力で、龍明を圧倒していたというのに。

嗜虐心《しぎゃくしん》が湧き、龍明は賞賛を続けることにした。

「だったら慣れろ。正直に言って、お前には陰陽師の才がある。潜在能力は私以上だ。有星が十五年かけて成したことをお前はこの一ヶ月でやってのけた。そして今、私にもできなかったことをいとも簡単にやってのけた」

「龍明」

驚きに、千晴の目が見開かれる。

「これまで様々なことを教えてきたが、まさかもう私が教わるようになるとはな」

悔しいし、羨ましい。そういった嫉妬心は、もちろんまだある。だが、それ以上に、こんなすごいものを見せられては、龍明も認めざるを得なかった。

千晴は晴明に並ぶ天才だ。自分が天才だと自負していたのが恥ずかしくなるほどに。

「毛髪での識神召喚か。私にもできるだろうか」

「髪には霊力が溜まってるって言うよな。俺にとっては、いつもの形代よりも書きやすかったから、きっと本当なんだと思うし、龍明の髪には俺よりも霊力溜まってそうだし、イケるんじゃない？」

そう言って、千晴が赤い顔のまま龍明の長くなった髪に触れた。

「そうか」

妙な雰囲気になってしまった気がして、龍明は千晴の手を払い除けると、髪の毛を一本抜いた。

「なんか、勿体《もったい》ないな」と千晴が言った。「せっかく綺麗な髪なのに」

「一本くらいどうということはない」

「やりすぎると禿《は》げるから気をつけないとな」

「何本使う気だ」

突っ込みを入れながら、龍明は手のひらの髪の毛に集中する。先程千晴に教えてもらったとおり、自分の名を一ミリもない髪の表面に封じるイメージをする。

しかし、初回でできるはずもなく、霊力がはらはらと分散して落ちていってしまう。

「大丈夫、できるよ」

励まされ、何度も髪に霊力を込めてみるが、しばらくやっても無理だった。

やはり千晴とは違うのか、と己の不甲斐《ふがい》なさを噛みしめていると、千晴がポンッと龍明の肩を叩いた。

「龍明にはイメージが足りないんじゃない？　自分がこう、できてる姿っていうの？」

「できている姿？」

「うん。無理だってどっかで思っちゃってたら、ダメなんだよ」

千晴の言うことは相変わらず難解だ。

イメージなら、龍明だってしている。髪の毛に霊力を通すイメージ。そこに名前の概念を封じるイメージ。それに何が足りないというのか。

「多分だけど、方術は術者のイメージをそのまんま現実にするものなんだと思う。霊力っていうエネルギーを使って。だからできることとできないことがある。でも、龍明にはエネルギーはたんまりある。俺にだってできたことだから、きっと足りないのはイメージ」

「だとしたら、お前はなんでもできそうだな」

ふっと笑って、龍明は髪の毛を捨てた。気づけばもうすっかり陽《ひ》が暮れていた。邪気祓いをして帰ろうと思ったのに、夕飯の時間にも間に合いそうにない。

位相を解き、現実に戻る。白狼も異界に戻した。

「帰るぞ」

千晴に声をかけると、千晴も識神たちを戻し、龍明の隣に並んだ。

今になって、どっと疲れが押し寄せてくる。位相をつくっていたのもそうだし、霊力を練り続けていたため、もう少しで生命力まで削られそうになっていたようだ。

陰陽師の業は、代々連綿と続いてきた。誰もが修得しやすいよう、規律をつくり、詞を整え、それらを過《あやま》たず。そういうものだと教えられ、なんの疑問も持たずに修練を積み、方術を使っていた。

だが、千晴は違う。

陰陽師とは無関係な家に生まれ、育ち、だからこそ陰陽師の常識など知らない。ガチガチに型に嵌められている龍明とは違い、その発想は自由だ。

だからこそなのか、とも思う。

安倍晴明は、破天荒で奇抜な男だったと伝記にあった。きっと今受け継がれている陰陽師の常識を、晴明ならば鼻で笑うに違いない。そんな想像が龍明の頭を過《よぎ》った。

「やっぱり、やめとく？」

千晴が訊いた。なんのことかはわかりきっている。

「やめるものか」

龍明はそう言って、隣の男を見上げた。

「お前にできたんだ。私にできない道理はない」

そう答えた龍明に、千晴が口の端を上げた。

「だよな」

拳が差しだされ、龍明は首を傾げる。

「こういうときは、拳を合わせるんだよ」

「ああ」

言われるがまま、龍明は千晴と拳をぶつけ合った。

不思議なことに、胸の中の炎がぶわりと燃え広がった気がした。怒りではなく、別の何かが、龍明の中で燻《くすぶ》りはじめていた。

「せっかくだし、夕飯食べて帰る？」

千晴が言い、大学前の大通りを指差した。学生向けの定食屋が並んでいて、時間も時間なだけに、賑《にぎ》わっている。

「そうだな」

龍明があっさりと頷いて母に連絡していると、千晴は意外そうに目を瞠った。そういえば、千晴と外食をするのはこれが初めてだ。

「何が食べたい」

「えっと、がっつり肉がいいけど、なるべくなら安いところかな」

千晴には龍明の世話役として十分な給料が支払われているはずだ。金がないわけではないだろうに、と訝しむと、ようやく白状した。

「前のバ先で壊した貴重品の支払いに充ててるから、今月はもうカツカツで……」

「ああ、そんなことを言っていたな。まさか本気で支払っているとは思ってなかった」

「嘘じゃないって」

ムッとした千晴に、龍明は首を傾げた。

「いや、そもそも、故意ではない事故で、従業員やバイトに支払い義務はないはずだぞ。そんなことをしたら労働基準法違反になる」

「えっ、そうなの⁉」

まさかそんなことも知らないとは思わなかった。龍明は呆れ顔で千晴を見上げ、すぐに門蔵家と懇意にしている弁護士にメールを送る。一応千晴は門蔵の従業員だ。不当な扱いから守る義務はあるだろう。

「あとは向こうがなんとかしてくれる。お祖父《じい》さんの家も売らなくていいぞ。まったく、お前は陰陽師のことよりも一般常識をちゃんと学んだほうがいいんじゃないか」

ため息とともに説教をすると、千晴はずぶ濡れになった犬のように情けない顔で、「ごめんなさい」と小さく呟いた。そのあとで、「ありがとう」と目を見つめて付け加えた。

面倒な奴だとは思うが、前ほど鬱陶しいとは思わない。礼を言われれば、素直に嬉しいと感じる。

「仕方がないから、今日は私が奢《おご》ってやろう」

龍明がそう言った途端、萎《しお》れていた千晴が急に元気になった。

「いいの!? じゃあ焼肉!!」

一切遠慮しないあたり、本当に欲望に忠実で図々しい。だが、龍明は思わずふっと吹き出してしまった。

「ははっ、お前は本当に肝が据わってるな」

笑う龍明をぽかんと見下ろしていた千晴の顔が、徐々に赤く染まっていく。

「龍明ってそんなふうに笑うんだ」

言われて気づく。そういえば、こんなふうに笑ったのは久しぶりだ。いや、久しぶりというか、記憶にない。物心ついたときから、愛想笑いしかしなかったからだ。

「私だって、可笑《おか》しいときは笑う」

見られてはいけないものを見られた気がして、龍明も千晴と同じように顔を赤くした。これ以上見られたくなくて、龍明は千晴の後ろに回ってその背を押した。

「ほら、早く行くぞ。私は店に詳しくないから、お前が決めろ」

「お、俺だってこの辺のことは知らないんだけど。そっちこそ地元だろ？」

「私は大学の飲み会以外、予約必須の高級店での会食しかしたことがない」

「マジかよ。信じらんねぇ」

目を剝いて、千晴が振り返る。

「マジだ。お前も陰陽師の仕事をするようになったらいつか連れていってもらえるさ」

それまでは安い店で我慢だ、と龍明が言うと、千晴は思いついたように少し離れた場所にある店を指差した。学生は並んでおらず、サラリーマンと思《おぼ》しき人たちだけが出入りしていて、静かそうな雰囲気の焼肉店だった。

「あそこにしようぜ。なんか旨《うま》そうな気がする」

「忌方《いみかた》だけでなく恵方《えほう》もわかるのか」

驚いて龍明が問うと、千晴は薄っすら笑って肩をすくめた。

「まあね」

千晴が笑った真相を龍明が知ったのは、メニューを開いたあとだった。

「なるほどな」

学生が食事をするには少々値段が張る。どうりでサラリーマンしかいないわけだ。何が恵方がわかる、だ。

だが、仕事をしている龍明に払えない額ではなかった。それに、遠慮のない千晴がものすごい勢いで肉を平らげていく様子を見るのは、存外楽しかった。

方術のことは教えても、龍明がどんな仕事をこなしてきたか、どんな妖に出会ってきたかを千晴に話したことはなかった。千晴はそれを聞きたがり、龍明はリクエストに応え、つらつらと話して聞かせた。自慢話をするようで、自分の話を吹聴《ふいちょう》するのは元来嫌いだったはずなのだが、千晴がいちいち「すげぇ」とか「かっけぇ」とか相槌を打つので、酒を呑んだわけでもないのに、気分よく食事が進んだ。

こんなに喋ったのは初めてだ。店を出る頃には、喉が嗄《か》れていた。

「はー、美味《おい》しかった！　また来ような」

人の金でたらふく食べて満足したであろう千晴は、艶々とした顔で言った。

「そうだな。今度はお前の金でな」

千晴の言葉に、「ゲッ」と千晴が渋面をつくった。それに声を上げて笑い、龍明は気持ちよく家路に就いた。

「最近よく笑うようになったらしいじゃないか、龍明」

千晴が門蔵家に来て四ヶ月。まだまだ寒い日が続いていた二月のある日、父にそう言われ、龍明はぎくりと身構えた。

父の前では以前と変わらない態度でいたはずなのに、どこからばれたというのだろう。

確かに、龍明はここのところよく笑うようにはなっていた。それも、本心から。とはいえ、千晴と一緒にいるときだけだ。今までも大学の友人といるときは多少笑ってはいたが、愛想も必要だろうと父は何も言わなかった。

だが急にそんなことを訊いてくる真意はなんなのだろう。千晴に甘い態度を取っていたことに対するお咎めだろうか。

龍明が何も返さないでいると、父は続けた。

「楽しそうなのはいいが、お前は門蔵家の次期当主だということを努々《ゆめゆめ》忘れるなよ」

「はい。申し訳ございません」

正座のまま深く頭を下げ、許しがあるまで顔を伏せ続ける。

「千晴くんに方術の素質があるのは知っている。お前の元で学べば、きっと腕のいい陰陽師になるだろう。だが、私は友だちになれとは言っていない。わかるな？」

「はい」

同年代の千晴といるのが楽しくて、気が緩んでいると思われているのかもしれない。しかし、実際は違う。千晴がいるからこそ、張り合いが生まれ、負けたくないという想《おも》いが強くなった。だからさらに修練を積む。龍明にとっては、好循環だ。

「いや、わかっていない」

父が言った。

「千晴くんは、素質はあるが教養も威厳もない。それに引っ張られて、腑抜けた人間になるなと言っているんだ」

顔を伏せておいてよかった。表情を変えないようにするのが、精一杯だった。千晴に教養も威厳もないのは確かだが、侮辱されるのはなぜだか腹が立った。他人のことなどどうでもよかった自分が、こんなふうに感情を乱すようになっているとは思いもしなかった。

ふう、と小さく息を吐いてから、龍明は答えた。

「はい。門蔵家に相応《ふさわ》しい人間であるよう、精進いたします」

「それから、近々お前にも禁術を覚えてもらう」

びくりと身体が震えた。父のその言葉は、龍明に重く圧《の》し掛かった。

何せ、禁術には多くの人を死に至らせる呪詛《じゅそ》も含まれている。代々、門蔵家の当主となる者だけに教えられるものだ。

人の命が今よりもずっと軽いとされていた昔は、ほとんどの陰陽師が禁術を使えたという。現代でも、人ひとりを殺すほどの軽い呪詛ならば傍系の陰陽師でも使える。だが、一度に大量の人死にが出るほどの強力な呪詛は、門蔵家の者しか知らない禁術として収束された。これは、陰陽師の存在を表に出さないようにするための措置でもあり、文明の発達故の人道的な決断からだ。

その禁術を、龍明に覚えさせるという意味。先程の話と併せて考えるに、父は千晴の実力に気づいておらず、千晴を引き立てるつもりもなく、龍明を当主にと考えている。

後ろ暗さが、胸に湧き上がった。

「はい」

それでも、諾と答えるほかない。

「もう戻っていいぞ」

許しが出たので、龍明は無表情のまま静かに奥座敷を出た。廊下を歩き、離れへと向かう。そこで、はたと立ち止まる。無意識に千晴の部屋に行こうとしていた。

これでは父の言ったとおり、腑抜けだ。

踵《きびす》を返し、自室へと戻る。途中、有星とすれ違った。

「あれ、兄さん、千晴さんのところには行かないんですか？」

「ああ。今日はいい」

二月に入り、大学は休講中だ。仕事がない日はほとんど千晴と一緒で、街の邪気祓いに勤《いそ》しんでいた。昼食をふたりで外でとることが増え、この三ヶ月で龍明は随分と飲食店に詳しくなった。千晴の借金も綺麗になり、少し余裕のできた千晴に奢ってもらったりもした。

友人とは、こういうものかと初めて実感した。

思い返してみれば、龍明は確かに浮かれていた。そんな自分が、恥ずかしい。

「喧嘩でもしたんですか？」

心配そうに訊く有星に首を振って、龍明は障子を開けた。

「していない」

「そうですか。さっきまで雲母と遊んでいるみたいだったから、暇してると思うけどなぁ。あっ、僕は今から渋川《しぶかわ》の人たちと山に行ってきます」

有星は近頃、龍明ときちんと目を合わせて話すようになった。謝罪することも減ったように思う。部屋に入って、障子を閉めながら、「気をつけてな」と龍明が言うと、有星は嬉しそうに顔をほころばせた。

「呪詛か」

ひとりきりになって、龍明はぽつりと零す。

禁術を教わるのは、陰陽師として名誉なことだ。そしてそのぶん、大きなリスクを伴うことでもあった。禁術を教わるということはつまり、それを使う必要性が出たときに、その責任を負わなければならないからだ。

そしてそれを使用するには、もうひとつ考えておかなければならないことがある。

たとえば、門蔵家に関わりのある要人たちには皆、父が守護霊符を渡している。それはあらゆる厄災から身を護るためのものであり、その中には呪いも含まれ、生半可な呪いは効かない。効かないどころか、掛けた呪いは術者に跳ね返る。それは呪詛返しと呼ばれ、掛けた呪いを返されれば、逆に術者自身が呪われてしまうというものだった。

　現世にいる陰陽師で禁術を使えるのは父だけだとされているが、もし父が呪殺を依頼され、呪いを掛けたとして、その対象者に父よりも霊力の高い者がついていたとしたら、跳ね返った呪いで父は死ぬ。

　龍明とて、同じことだ。自分以上の陰陽師がこの世にいるわけがないと思って過ごしてきたが、千晴という存在を知ってしまった今、そんな慢心はもはやない。

もし、自分以上の陰陽師がほかにもいたら？

それを知らずに、頼まれるがまま呪いを掛けてしまったら？

――死ぬのは自分だ。

それに、そもそも誰かを殺すことに躊躇《ためら》いがないわけではなかった。極悪人ならば正義のために呪い殺すことも吝《やぶさ》かでないが、顔も来歴も知らない人を金のために殺せと言われても、複雑な気分になるだろう。

　父がどうしていたのかは、聞いたことがなかった。禁術を教わるときに聞いてみてもいいものだろうかと、龍明が悩んでいると、廊下から雲母の鳴き声がした。そのあとすぐ、千晴の声が聞こえてきた。

「龍明、いる？」

今は顔を合わせるべきではないとわかっていたが、龍明の口からはつい、いつものように「入れ」と返事が出てしまった。

「さっき有星が山に行ってくるって出てったけど、大丈夫かな」

「ああ。渋川の家の陰陽師と一緒だそうだから、問題ないだろう」

そう答えてから、ふと思い出した。そういえば、千晴に懸想したという女の鬼は、まだ退治されていない。傍系の陰陽師たちの力試しにと退治を依頼しておいたのだが、皆口を揃《そろ》えて見つからないと言い、結局そのままになっていた。

「何かあっても有星なら逃げられるだろう。前も逃げられたんだから」

「それもそうか」

頷きながらも、千晴の顔は曇っている。

「どうした」

「いや、有星に悪い予感はしないんだけどさあ」

ポリポリと首の後ろを掻き、千晴は歯切れ悪く答えた。以前は自分の方違えしかできなかったが、今では他人のことも即座に視られるようになっていた。

「うーん、まあ、大丈夫か」

それ以上は答える気がないようで、龍明も追及はせずにおいた。千晴が大丈夫と言うのなら大丈夫なのだろう。

雲母が珍しく龍明の膝の上に乗り、丸まった。顔を見て、「にゃあん」と鳴くので、撫でてほしいのかと思えば手を叩かれた。座に徹しろということらしかった。

「龍明、なんか元気ない？」

隣に座り、千晴が訊いた。顔には出していないつもりだったが、彼には隠せなかったようだ。

龍明はぷつりと自分の髪の毛を抜き、それにふっと息を吹きかけた。髪の毛は小鬼になり、「茶の用意を」と命令すると、慌ただしく部屋を出ていった。

「もうすっかりうまくなったよな、それ」

「ああ。お前の言う妄想力も随分鍛えたしな」

千晴に教わってから、ずっと練習し続けていた。ひと月ほどでようやく鼬を召喚できるようになり、コツを摑んだ今は、白虎だって髪の毛で呼び出せる。

ただし、父にはこれができるようになったことを伝えてはいない。言えば千晴から教わったとばれてしまうからだ。

「それで、なんかあったの？」

千晴が身を乗りだした。

「大したことではない。父に最近たるんでいるんじゃないかと言われただけだ」

龍明が答えると、千晴は肩をすくめた。

「そんなことないのにな。むしろ今までよりできることが増えた」

「そうなんだがな」

父に千晴のことを報告していないのは、千晴本人も知っている。以前は龍明の保身からだったが、今は父に利用されないようにという、千晴の保護のためだ。だが、フェアではないとは龍明も思っている。父と話したときに感じた後ろ暗さをまた感じ、龍明は「なあ」と切り出した。

「お前、もし門蔵の当主になれるとしたら、なりたいか？」

その質問に、きょとんとした顔で千晴が瞬きをした。それから少し間を空けて、言う。

「え？　俺が？　ないない」

「あり得ないことではない。陰陽師とは代々実力主義だ。今までは門蔵家の者ばかりが相応しい実力を持っていたから、当主に選ばれているだけで、もし傍系に本家より強い者がいたら、そちらを養子に迎えたのち、当主にする。そのほうが強い血が続くからな」

「そういうもんなんだ。厳しい世界だな」

「だから、お前にも無関係じゃない。お前は晴明様の五芒星の宝剣を持っていた。それだけで十分当主としての資質はある」

じっと千晴の目を見つめて話す。空色の瞳が、戸惑うように揺れた。

「それでも、俺は当主なんてならないよ。まだまだ龍明には及ばないし、人の上に立つ器でもないしさあ。断れるんだよな、それ」

「まあ、やる気のない人間には継がせないとは思うが」

「だったら、断るに決まってんじゃん。龍明のほうが向いてるよ」

当たり前のように千晴は言った。

「だが、当主になれば莫大《ばくだい》な財産が手に入る。金で困ることはない」

事実、門蔵家の財産は地方の県の年間予算ほどある。今まで金に困っていたという千晴の心が動かないはずがない。

「うーん」

しばし考え込んで、千晴は答えた。

「金がありすぎても、別に欲しいものとかないし。雲母には贅沢《ぜいたく》させてやりたいけど、それにしたって数百万で足りるだろ」

「お前自身は贅沢しないのか。金があれば焼肉食べ放題じゃないか」

龍明は言った。

「最初はいいかもしれないけど、絶対飽きる」

「女とも遊び放題だ」

さらなる誘惑を、とそれを口にしてから、龍明は胸の辺りがモヤモヤするのを感じた。千晴の隣に親しい女性がいるところを想像しようとして、不快さが胃の底から上ってくる。もし「いいな」とでも答えようものなら、女に現《うつつ》を抜かすようではまだまだ修行が足りない、といびってやりたくなった。

「女の子は扱いが難しいから。好きな子以外とは付き合いたくないな」

その返答に、いつの間にか詰めていた息をほっと吐く。チャラチャラした見た目と違い、千晴は意外と誠実だというのを思い出した。大学でも、いくら秋波を送られようと、千晴はのらりくらりと躱《かわ》し続けている。

「龍明はどうなんだよ」

突然訊き返され、龍明はドキッとしながらも首を傾げた。

「どうって、何が」

「いきなり当主になりたいか、なんて。順当にいったら次の当主は龍明だろ？　それともなりたくないから訊いたのか？」

女の話ではなかったことに安堵しつつ、首を横に振った。

「いや、そういうわけではないが」

今さら当主になることへのプレッシャーに怖気《おじけ》づいた、などと言えるわけがなかった。

「じゃあ何をそんなに悩んでるんだ？」

「それは、」

珍しく歯切れの悪い龍明に、千晴がずいっと顔を覗き込んできた。近くなった視線に耐え切れず、龍明はふいっと顔を背ける。

逡巡ののち、切り出した。

「当主になるには、禁術を覚えなければならないんだ。それが億劫《おっくう》で」

「禁術？　どんな？」

興味津々といったふうに、千晴の目が輝いた。

「強力な呪詛だ。何人もの人を殺すほどの」

禁術については、陰陽師なら誰でも知っていることだ。千晴にも教えておく必要があった。

門蔵家と禁術の話を話して聞かせる。ふんふんと興味深そうに頷きながら、千晴は真剣に聞いた。

そして話を咀嚼《そしゃく》し終えたあとで、同情するような目で龍明を見た。

「そりゃあ億劫にもなる。そんなんで死んだら堪ったもんじゃない」

「お前もそう思うか」

そのとき、ようやく小鬼が茶と菓子を持って帰ってきた。落ち着きがない様子の小鬼の手は震えており、座卓に置く前に零れてしまいそうな勢いだ。

「ゆっくりでいい」

龍明が声をかけると、小鬼は意外そうに吊《つ》り上がった目を瞬《またた》かせた。そしてこくりと頷き、慎重に湯呑を置いていく。

「龍明も随分やさしくなったよな」

その様子をニヤニヤと眺めて、千晴が言った。

「そうか？　変わらんと思うが」

「そんなことないって。初めて会ったときなんて、失敗した小鬼をすぐに異界送りにしてさ。怖かったなー、あのときの龍明」

な？　と小鬼に同意を促すが、もちろん小鬼は頷かない。龍明が怖いと言ってしまえば、消されるとでも思っているのだろう。前より寛容にはなったと思うが、今も千晴ほど識神たちに甘くはない。用もないのにこちらに呼んでは中庭で遊ばせている千晴と違って、龍明は用が済めば遊ばせることなく異界に送る。無駄な霊力はなるべく使いたくはないからだ。

茶を啜《すす》ると、じっと小鬼が見つめてきた。

「なんだ？」と訊くが、怯えたように千晴の陰に隠れてしまった。

「美味しいかどうか感想が聞きたいんじゃない？」

千晴が代わりに言った。

「不味《まず》ければ言う」

そっけなく龍明が答えたのを、千晴が「美味しいってさ」と勝手に言い換えて小鬼に伝えた。

「素直じゃないんだからー」

「うるさい」

そう言いつつ、茶菓子を手に取る。包みを見て、はっとした。誰にも言っていないが、龍明はこし餡《あん》の最中《もなか》が好きだ。母が贔屓《ひいき》にしている和菓子屋のセットの中に、この最中はふたつしか入っていない。普通なら最中ともうひとつ別の菓子を持ってくるものだが、小鬼が持ってきたのはふたつともこし餡の最中だった。

「お前が選んだのか」

龍明の問いに、小鬼がおずおずと頷いた。何を言われるのかと震えている小鬼に、「よくわかったな」とふっと笑みを零す。小鬼の震えが止まり、ようやく千晴の後ろから出てきた。

「褒美だ」

そう言って、龍明は残りのひとつを小鬼にやった。

「えっ、俺のは!?」

千晴が声を上げたが、龍明はしっしと手を振った。

「食べたければ自分で取ってこい。これは私のために小鬼が持ってきたものだ。お前のじゃない」

「ひっでぇ」

ぶつぶつ文句を言いつつ、食欲に抗《あらが》えなかったのか、千晴は立ち上がって台所のほうへと歩いていった。

「お前はしばらく中庭で遊んでいていいぞ」

小鬼に言うと、困ったように俯いた。どうしたのだと思ったが、すぐに気づく。遊び相手がいなければ遊びようがないではないか。龍明はプチプチと躊躇いなく髪の毛を抜き、ふっと息を吹きかけた。五匹ほど小鬼が増え、「行ってこい」と命令すれば、楽しそうにはしゃいだ声を上げ、廊下を走っていった。

それと行き違いに千晴が帰ってきた。

「楽しそうだな」

「あれほど騒がしくしているのを初めて見た」

「じゃあかなり鬱憤溜まってたかもな。たまには息抜きさせてあげないと、愛想尽かされちゃうんじゃない？」

「識神に愛想も何もあるか」

ふんっと鼻を鳴らした龍明に、千晴が指を振る。

「チッチッチ。職場環境がいいと作業効率もアップするんだな、これが。皆嬉しいし俺も嬉しい。ウィンウィンってヤツだ」

「報酬なら霊力を十分に与えてやっている」

人間と妖は違う。本来妖は力でねじ伏せて使役するものだ。絶対的な主従関係に、息抜きも何もない。どうせ霊力が尽きれば裏切る相手だ。

「とか言って、結局ほかの子も出して遊ばせてあげてるじゃん」

ニヤニヤしながら龍明の隣に座り、千晴が肘で小突いてくる。それを鬱陶しいと跳ね除けながら、龍明は最中を食べた。千晴の手前言えなかったが、茶も熱すぎず適温で、あの小鬼は、随分と茶を淹《い》れるのがうまくなったものだと感心する。

「龍明、柔らかくなったよな」

座卓に肘をつき、じっと千晴が見つめてきた。

「そうだとしたら、よくない傾向だろうな」

はっと鼻で笑い、龍明はすぐ後ろの棚にあった本を引き出して広げた。どの陰陽師でも学んでいいとされている簡単な呪詛の本だ。ひとりくらいなら龍明にも呪い殺せる方法が載っている。とはいえ、実際に人に使うことは禁止されている。

「いいことじゃん？　いつもツンツン気を張ってるよりは」

「気を張っているのが正しい陰陽師の在り方だ」

「気を張るのと警戒を怠らないのは違うだろ」

本から顔を上げ、千晴を睨む。

「一緒だ」

龍明が答えると、千晴は口をへの字に曲げた。

「寝てるときは気を張ってないじゃん」

「寝所に護符を貼っているから警戒しなくていいんだ。屁理屈《へりくつ》を捏ねるな」

「じゃあ今も同じだろ？　この部屋には護符があるんだから」

今度は龍明が口をへの字に曲げる番だった。

「何しに来たんだ。無駄話をするなら帰れ」

指を振って千晴の口を閉じさせる。しかし、千晴は龍明が指を振った方向とは反対に指を振り、自分で呪を解いてみせた。

「な……っ」

「俺には効かないよ」

ふふんと胸を張り、千晴は逆に龍明の口を封じた。

「ンンッ」

声が出なくなったのを確かめ、龍明は顔をしかめた。ピッと反対に指を振ってみるが、解けそうにない。

「イメージだよ、龍明」

千晴が龍明の手を取った。そうして、呪に使われた以上の霊力を流し込むように言う。

イメージする練習ならば、髪を形代にするときに散々やったことだ。言われるがまま、口が開くイメージとともに霊力を印に込めた。すると、あっさりと口がきけるようになる。

「またお前にしてやられた」

「間近で龍明が手本を見せてくれるからな。龍明が使う方術はどれも洗練されてて綺麗だから、真似しやすくて助かる」

「お前に真似されるためにやっているわけじゃないんだが」

はあ、とため息を吐き、龍明はずっと膝に乗っていた雲母を起こした。むにゃむにゃ文句を言いながら起き、ぐっと背伸びをすると、器用に自分で障子を開け、雲母は部屋を出ていった。自由なその背中が、羨ましい。

「それで？　これを実践しに来たのか？」

「いや、そうじゃないけど。なんとなく予感がして？」

「予感？」

千晴が言うと凶兆があったように聞こえる。

「どんな」

「具体的にはわかんないけど、龍明と一緒にいたほうがいい気がして」

そのときだ。離れのほうからバタバタバタと不穏な音がして、ふたりは顔を見合わせると同時に走りだした。

「何があった」

途中、離れから逃げてきた小鬼たちに訊けば、大量の紙の人型が突然千晴の部屋に飛び込んできたという。その一枚を龍明に差しだす。

「これは……、有星の形代だ」

「有星に何かあったのか？」

千晴が訊いてくるが、「いや」と龍明は首を横に振った。それはあり得ない。千晴が「有星には悪い予感はしない」と言ったのだ。外れるなどということは考えられなかった。

「有星が千晴に何かを知らせるために送ってきたんだろう」

龍明は急いでスマートフォンを取り出し、有星に電話を掛けた。だが、一向に繋がらない。まだ山にいるのかもしれない。あそこはたまに霊障が電波を阻害する。

「父さんと母さんは？」

物音を聞きつけてやって来た父の識神に訊けば、ふたりともたった今出掛けたばかりだという。そういえば今日はお偉方との会食があると言っていた気がする。

「却って不在でよかったかもしれない。私たちだけでなんとかしよう」

「ああ」

千晴が頷いて、珍しく真面目な顔になる。緊急事態だというのに、龍明はその顔から少しのあいだ目を逸らせなくなった。

昔から、龍明は美醜に疎い。千晴の顔だって、かっこいいという認識はなかった。周りがイケメンだなんだと騒ぐから、そんなものかと思っていた。だが、今なら皆が騒いでいた気持ちがわかるような気がした。ヘラヘラしていなければ、こういう顔を端正というのだろう。

「龍明？」

動かなくなった龍明を千晴が呼ぶ。

「ああ、いや、なんでもない」

今日の自分は、どこかおかしい。父から言われたことを引きずっているのか、精神がぐらぐらと揺れている。

龍明は気合いを入れ直すように己の頬をパンパンと叩いてから、六根清浄を唱えた。気の乱れは、霊力の乱れに繋がる。

「千晴は邪気祓いを」

離れに到着してから、龍明は言った。

門蔵家には結界が張ってあるとはいえ、有星が危機を感じるほどなのだから、念には念を入れておかなければならない。

「わかった」

頷いてすぐ、千晴が祓詞を奏上しはじめた。

「かけまくもかしこきいざなぎのおほかみ　つくしのひむかのたちばなのをどのあはぎはらに　みそぎはらへたまひしときになりませるはらへどのおほかみたち　もろもろのまがごとつみけがれあらむをば　はらへたまひきよめたまへとまをすことをきこしめせと　かしこみかしこみもまをす」

相変わらず、小学生の朗読のような下手くそな抑揚だ。だが、この数ヶ月で千晴の邪気祓いの威力は格段に上がっている。それこそ今では龍明に劣らないまでに。

「これでしばらく邪気は集まってこないだろ」

「ああ」

有星が飛ばしてきた形代を集め、龍明はそれらの前で印を結んだ。すると、見る見るうちに形代は燃え上がり、一羽の鳥になった。セキセイインコだ。それが、有星の声で喋り出す。

『兄さん、渋川の陰陽師があの女の鬼を識神にし損ねて、いや、したのはしたんですが、とにかく、女の鬼が結界から逃げました。おそらく向かっているのは――……千晴さんのところです』

「なんだと？」

『詳しいことは合流次第話します。とりあえず今は見つからないよう逃げてください。あの鬼、思った以上に狡猾で、危険です。今まで退治してきたどの鬼よりも』

セキセイインコはそれを伝え終わると、はらはらと灰になって消えた。

千晴のほうを見ると、渋面で何やら考え事をしていた。

「お前に懸想したというあの鬼女か。退治せねばほかの人間に何をしでかすかわからんぞ」

それに、と龍明は下を向いた。懸念点がいくつかあった。

女の鬼の執着は厄介だと聞く。一度目で千晴に繋がる印をつけていたら、居場所などとっくにばれているだろう。そして、門蔵家が認めた陰陽師の識神であれば、この家に張ってある結界は効果がない。もし鬼女が識神の証を得ていたのなら、易々《やすやす》と侵入を許してしまう。今から大規模な結界を張り直すには、時間がかかりすぎる。

つまり、今、千晴にとって安全な場所はない。

「くそ。傍系に頼むんじゃなく私がきちんと始末しておけばよかった」

かと言って、その鬼女の力がどれほどのものかは今ではもはやわからない。識神だけで倒せればいいが、狡猾な鬼女がどんな策をぶつけてくるか次第だろう。あるいは白狼より強い可能性もある。白虎に応援を頼みたいが、先程から無視され続けている。助ける気はないようだった。

方術はアニメや漫画のファンタジー世界のように便利なものではない。術者単体では爆炎も出せなければ旋風だって起こせない。そのような派手な業を使うには、識神の力を借りるしかないのだ。できることと言えば、練り上げた純粋な霊力で縛ることくらいだろう。

つまり、雑にまとめるなら、方術とは罠《わな》に特化した待ちの戦術なのだ。その辺にいる雑魚ならば、霊力で縛り上げて物理でボコボコにすることはできる。だからこそ千晴に妖を調伏してこいと言ったとき、前準備をしていなかったのだ。

だが、縛れないほどの強大な力を持つ妖らを完全に調伏するには、周到な祓の準備が要《い》る。鬼女が縛れる程度ならいいが、と龍明は歯痒《はがゆ》さに唇を噛んだ。

すぐに祝詞を上げる準備に取りかからなければ。

だが、思ったよりも早く、ぞわりと身の毛もよだつ気配がした。

「来たな」

龍明は急ぎ持っていた護符を千晴の部屋の前に貼った。そして千晴を中に引き入れ、白狼で部屋の周りを固める。

もうこうなれば、千晴に身固《みがため》をするほかない。

「来い、千晴」

ぐいっと手首を引っ張り、龍明は千晴を一緒に座らせると、その頭をぐっと抱え込んだ。

「えっ、ちょ、何!?」

突然の龍明の抱擁に、千晴が暴れる。

「じっとしていろ。準備する時間もないんだ。これ以外方法はないだろう」

「って言われても……」

身固とは、外部から邪悪なものが寄りつかないよう、対象者を抱き、危機が去るまで呪を唱え続けるという護身の呪術だ。これならば用意もなにも必要ない。

「文句を言うな」

鬼女の気配が近づき、すぐそこの中庭にまでやって来ているのがわかった。白狼たちが吼えはじめた。

「俺はどうしたらいい？」

千晴が訊いた。

「お前はただ目を瞑って九字《くじ》でも唱えておけ」

「ええ……？」

不安そうというより、どこか戸惑った様子の千晴だったが、龍明は気にせず呪を唱えはじめた。

身固を龍明が実践するのは、実は初めてだ。慎重な人間なので、いつも万全を期して妖退治を行っていた。こんな想定外のアクシデントは未経験だった。

「龍明の心臓の音、やばいな」

こんな状況だというのに、千晴がもぞもぞと落ち着きなく動きながら言った。不測の事態に緊張しているのだから当然だと反論したいが、呪の途中だからするわけにもいかない。九字は教えたから千晴も知っているはずだ。言うとおりにすればいいものを、と龍明は千晴を抱き込む腕に力を入れることで叱責《しっせき》を伝える。

「思ったんだけどさ」

しかし、千晴には龍明の叱責は通じなかったようで、つらつらと喋り続ける。

「あの鬼の女の子さ、やっぱりそんなに悪い子じゃない気がするんだ」

龍明は思わず呪を中断しそうになった。わざわざ他人の識神になった振りをしてまで山の結界を出て追いかけてきた妖が、悪い子ではないとはどういうことだ。大した力を持っていないというのならばわかるが、千晴の言い方はそういう意味ではなさそうだった。

「ヤンデレすぎるってのはあるけど、俺に会いたいってだけだと思うんだよな。説得したらなんとかなりそうだし、会ってみてもいいかなって」

「はあ」

あまりの言い分に龍明はため息を止められなかった。必然的に呪が止まり、身固も中断される。外にいるはずの白狼たちの声が聞こえなくなっているのに気づいたのは、そのときだ。ふと顔を上げると、障子に薄っすらと影ができていた。女の形のそれは、ゆらゆらと揺れている。

まさか、白狼が倒されたというのだろうか。あれらは高位の妖だ。生半可な雑魚に易々と倒されるわけがない。つまりは鬼女がそれほど力をつけている、ということになる。ここへ来るまでに、いや、山で随分とほかの妖を取り込んだのかもしれない。白狼も駄目となると、あとは龍明の霊力だけでなんとかするしかなくなってしまった。

　龍明はもう一度ぎゅっと千晴を抱え込もうとしたが、「大丈夫だって」と根拠もなく千晴が言い、立ち上がった。

「お前、どうするつもりだ。あれの力は前に会ったときとは比べものにならないぞ」

「今思いついたんだけど、俺にいい考えがある」

「はあ？」

　不敵に笑った千晴を止めようとしたが、龍明の手を擦り抜けて、千晴は障子を開けようとする。

「おいっ、千晴！」

　慌てて腕を摑んだものの、遅かった。スパンッと開かれた障子の向こうに、おどろおどろしい鬼女が立っていた。

「……っ」

　こんなにも間近に、邪悪な鬼を見るのは初めてだ。大量の邪気を纏い、嫉妬と怨念にまみれた女の成れの果て。

　持っていた護符を取り出し、龍明は霊力を込めようとした。だが、それを千晴が止めた。

「任せて」

「お前、何を――……」

する気だ、と龍明が訊く前に、ぐいっと千晴が龍明の腕を引いた。そして今度は逆に彼のほうが龍明を抱き込んだ。

突然の抱擁に、龍明は狼狽《うろた》えた。離れようと藻掻くが、千晴の力は想像以上に強く、びくともしない。

『ようヤく、あエタ』

鬼女がニタァっと破顔した。その不気味さに、龍明は眉をひそめる。だが、一方の千晴は、そんな鬼女を真面目な表情でじっと見つめ、友人に切り出すように、「ごめんね」と呟いた。

「君の気持ちは嬉しいんだけど、俺にはもう心に決めた人がいるんだ」

「えっ」と、龍明と鬼女が同時に驚きの声を上げた。鬼女と揃ってしまったことを複雑に思いながらもじっとしていると、千晴は続きを話しだした。

「その人とずっと一緒にいるって約束したから、君の気持ちには応えられないんだ」

『そンナ……、アたしイガいノオンナとダナんテ、みとメナイ……ッ』

きっぱりと振られ、案の定鬼女が激高した。叫び声を上げ、こちらに向かって飛びかかってくる。

「何が任せて、だ……っ」

そんな火に油を注ぐようなことを言えば、どうなるかくらい想像がつかなかったのか。龍明が護符を使おうとすると、しかし、またもや千晴が邪魔をした。離せ、と肘打ちするが、少しも効いた様子はない。

「女じゃないよ」

千晴がふっと笑ってそう言った。

「は？」とまた龍明と鬼女の声が重なった。

まさかとは思うが、千晴の相手というのは、龍明だとでも言うつもりなのだろうか。同性同士の恋愛はさほど珍しいことではないが、鬼女相手に通じるとは思えない。しかし、意図は伝わったので、否定せずに黙っておく。

「この人が俺の恋人。悪いけど、そもそも女の人は恋愛対象じゃないんだよな。君が男だったらちょっと考えたかもしれないんだけどさ」

抱えた龍明の頭にぎゅっと頬を寄せ、千晴がまた「ごめんね」と片手を立てて鬼女に謝る。

『あ……、アあ、』

いっそ鬼女が哀れだった。

惚れ込んだ男に会いにきたのに、恋人がいると言われ、さらにはそれが男で、女は対象ではないとばっさり袈裟斬りにされたのだ。そんな言い訳通じるわけがないと龍明は思っていたが、予想外に鬼女には効いているようだった。あまりの動揺に、鬼女の目に涙が浮かぶのが見えた。

『うそダ』

「嘘じゃないよ。ね、龍明」

見せつけるように、千晴が龍明の額や頬にキスをする。

千晴に任せたからには、龍明もその作戦に乗らなければならず、ぎょっとしたとしても顔には出せない。おとなしく腕に抱かれたまま、千晴のキスを受け入れる。

「……んっ」

首にまで唇が下りてきて、くすぐったさに甘い声が出た。羞恥に龍明の顔がじわじわと赤くなっていく。

本当なら、今すぐにでも突き飛ばしたい。胸がざわついて仕方がない。

そもそも、龍明はこういうことには慣れていなかった。厳格に育てられ、恋愛に現《うつつ》を抜かす暇もなければ興味もなかった。結婚は父が決めた相手とするものと決まっている。ゴールが決まっているのに、恋愛に時間を割く意味がわからなかった。だから今も龍明は清いままだ。誰かの唇に触れられたこともない。

だから、知らない。

恋人というのは、こんなにも甘いスキンシップをするものなのだろうか。

先程から、千晴の少し速い鼓動が聞こえてきている。龍明の心臓の音がやばいと千晴は言っていたが、自分を抱く彼の鼓動のほうが〝やばい〟ではないかと言い返したくなる。

「ふっ、可愛い」

いつの間にかキスが止《や》み、惚《ほう》けていた龍明の顔を千晴が覗き込んでいた。

「まさか、可愛いとは私のことじゃあるまいな」

むっとして訊くと、千晴は「しっ」と人差し指を龍明の唇に当てた。そして鬼女に向き直る。

「俺の恋人、可愛いと思わない？」

残酷なことを訊く。

『ほんトウニ……』

「ああ。わかるだろ。嘘じゃない」

甘い声から、途端に冷ややかな声に変わった。その温度差に龍明が訝って千晴を見上げると、彼の両目は赤く染まっていた。

『あ、ア、ああ、ゴめんナサい……、ユルしテ』

鬼女が怯えた様子で、頭を抱えた。その姿はもはや恐ろしいとは程遠く、可哀想なただの少女に見えた。

「怒ってないよ。ただ、ほかの妖は食べちゃったんだろ？　あそこにはただひっそり暮らしてる子たちだっていたのに」

『ごメんなサイ……』

「どうしたらいいかわかるよな？」

容赦のない千晴の威圧に、鬼女が泣きながら頷いた。

「逝《い》け」

千晴の指が、虚空を切った。その瞬間、鬼女が視界から消え去った。どこへ行ったのだと視線を動かせば、敷居の上に黒い残穢があった。それはかつて鬼女だったもの。おそらくは、千晴の命令で自害したのだろう。

「真珠」

千晴が己の白狼を呼んだ。もはや形代も必要としていないようだった。

「食べていいよ」

声音にはいつもの温かさが戻ったが、龍明は恐ろしくて仕方がなかった。目の前で起こったことが信じられなかった。

無言のまま真珠が残穢を貪るのを見ていると、千晴が顔を覗き込んできた。

「龍明？　もう大丈夫だよ」

瞳は空色に戻っていて、龍明の身体からようやく力が抜けた。だが、まだ恐怖は抜けない。鬼女よりも何よりも、この男が怖い。ついさっきまで甘い言葉を吐いていたのに、それと同じ唇が、簡単に妖を屠《ほふ》ったのだ。

千晴の真意が読めない。山では有星に鬼女を退治したら可哀想などと言っていたというのに、退治ではなく、より惨《むご》たらしいやり方で鬼女を死に追いやった。

あまりに矛盾したその二面性が、不気味だ。

「どうやったんだ」

どんっと千晴の身体を押し返し、龍明は身構えた。

「どうって、見てたならわかるだろ？　お願いしただけだよ」

「あり得ない」

お願いしただけで妖が自害するなど、龍明は見たことも聞いたこともない。妖が滅するのは、誰かに斃《たお》されたときか、あるいは念願叶《かな》って成仏するときだけだ。あの鬼女は、そのどちらも満たしていない。

「そんなこと言われても。実際あり得たんだから、そういうことだろ」

「それもお前の妄想癖の延長か？」

皮肉で呟くと、千晴は無邪気に手を叩いた。

「ああ！　確かにそうかも！」

正解を見つけたような顔の千晴に、嘘は感じられない。本人は本当にいつもの妄想を霊力に乗せただけなのかもしれない。

だとしても、だ。

「危険だな」

龍明の呟きに、千晴が困ったように眉尻を下げた。

「何が？　俺？」

「ほかに誰がいる」

先程の千晴の言葉は、まるで呪言《じゅごん》だ。呪言が使える陰陽師は、門蔵の姓になってからはひとりもいない。土御門のときはいたようだが、それも確かではなかった。だから実際に呪言などという方術があるのかすら、真偽不明だったのだ。

しかし、千晴のあれは呪言としか言いようがなかった。

「お願いとやらに霊力を乗せたのか？」

龍明は訊いた。

「そうだったかも。無意識だったけど。お願いっていうより、ちょっと脅す感じにはなっちゃったかなーとは思った」

しばし考え、千晴が答えた。

「私にも何かお願いできるか？」

もし本当に千晴が呪言を使えるのなら、確かめておきたかった。この身で体感できたら、真偽もわかるだろう。

「えっ、龍明に？」

千晴がぎょっとして訊き返した。

「もちろんあの鬼女に掛けたのと同様じゃない。死にたくはないからな。私が適度に拒みそうなものを頼む」

「龍明が拒みそうなこと……。嫌がらせ……？　いや、でも嫌われたくはないしなあ」

ぶつぶつと考えながら、千晴が少し頬を染めた。一体何をお願いしようと思っているのか、皆目見当もつかない。

「嫌がらせというのには引っ掛かるが、まあ、そうだ。なんでもいいから早くしろ」

龍明が急かすと、何か思いついたのか、千晴はパチンと指を鳴らした。

「じ、じゃあ、失礼して」

咳払いをした千晴の目が、再び真っ赤に染まった。前に見たときは色だけだったのに、今は薄っすらと瞳の中に五芒星が見える。様々な方術を覚えたからだろうか。霊力も会ったばかりの頃より蓄えられているかもしれない。

じっと、千晴の赤色の目が龍明を見つめる。

今さらながら、わずかに危機感を覚えた。千晴を怖いと感じたのに、こんなことを頼んでもよかったのだろうか。もし、千晴が龍明に死ねと言えば、本当に死んでしまうかもしれない状況だ。

「千晴、やはり、」

なしにしてくれ、と言おうとした龍明だったが、その前に千晴が言った。

「龍明、さっき俺が龍明にやったこと、龍明も俺にやってみて」

「は？」

龍明は片眉を吊り上げた。意味がわからなかったのだ。さっきとはいつのことだ。

「具体的に言わなければわからん」

千晴が何を指してそう言ったのか、全然わからない。

——わからないはずなのに。

気づけば龍明は、一歩踏み出して、千晴に近づいていた。抵抗しようにも、何者かに身体が乗っ取られたように、指先ひとつ動かすこともままならない。

「何をさせる気だ」

辛《かろ》うじて、口だけはきける。

「だから言ったじゃん。同じことをしてってって」

妙に気恥ずかしそうに言う千晴を見て、ようやく龍明も思い至った。

「まさか、あの鬼女に見せつけるためにやったあれのことか！」

可愛いなどと睦言《むつごと》を言い、千晴が龍明の頰や首筋にキスを落としてきたことを思い出す。それと同じことを千晴にもしろなどと、悪趣味にも程がある。

しかし虚《むな》しくも、龍明にはどうしようもない。千晴の呪言が本物だということが、ただただ身に沁《し》みてわかっただけだ。

「くそっ」

龍明は分厚い千晴の身体を抱きしめ、その頰に唇を押しつけた。

「うわー。龍明にも本当に効くんだ」

呪を掛けた本人が驚いたように目を見開く。

「わかったのならもういいだろう。解呪《かいじゅ》しろ」

このままでは永遠に千晴にキスをすることになる。キッと睨んで止めさせようとするが、しかし千晴は肩をすくめて言った。

「あー。解くのってどうすればいいんだっけ」

本気で困っているようにも、からかっているようにも見えた。

「ふざけるな」

龍明は冷ややかに抗議したものの、それとは反対に身体が千晴の呪言のとおりに動いてしまう。今度は千晴の首筋に、ちゅっと音を立てて吸いつく。

「ふっ、くすぐったいな、これ」

笑いつつも、千晴のその首筋は真っ赤になっている。ちらりと見遣ると、顔も同様に真っ赤だった。

「恥ずかしがるのならなおさら止めさせればいいだろう」

「うーん」

苦笑いで返事を誤魔化し、千晴が龍明ごと畳に座った。真正面で抱き合ったままで、千晴の両脚を跨《また》いで龍明が座るという、より密着した格好になる。

「……おい」

だから、嫌でも気づいてしまったのだ。千晴のズボンの中心が、妙に膨らんで硬くなっていることに。それが龍明の尻に当たっている。

「ご、ごめん。最近抜く暇がなかったから」

もぞっと千晴が動くたび、それが擦れてますます膨らんでいくのがわかる。他人のいちもつを押し当てられた経験などもちろんあるはずもなく、キスよりも酷い羞恥が龍明に襲いかかった。

だが、呪言に従って、また千晴の頬にキスをしなければならなかった。くすぐったそうに、千晴が片目を閉じた。

「お前、私を自慰に使うつもりじゃないだろうな」

怒気を込めて言うが、一向に呪は解かれない。

「いやー、そんなつもりはないんだけど」

そう言いつつも、龍明の息は悦に入ったように上がっていく。いつの間にか腰に手を添えられ、これではますます行為そのものだ。

「くそっ、こんなことなら頼むんじゃなかった」

自分の純潔を汚されたような気になり、龍明は悪態を吐いた。

しかし、何より悔しかったのは、

「でも、龍明も気持ちよくなってんじゃん」

こんな状況にも拘らず、千晴と同じように兆してしまった自分自身だった。

硬くなった龍明のそれが、ズボンを押しあげ、抱き合った千晴の腹に擦れる。

「……っ、動くな」

命令するものの、当然千晴には効かない。

「あー、くそ。マジで興奮してきちゃった。なあ、龍明、いい？」

じっと瞳を見つめられる。何がいいのか意味もわからないまま、気づけば龍明は頷いていた。そして頷いたのと同時に、千晴の手がズボンへと伸びてきた。

「何を、」

震える声で問う。すると、こつん、と額をぶつけて、千晴が答えた。

「せっかくだから、ふたりで抜こう」

いいだろ？　と甘えるように訊かれ、心臓がぎゅっと潰れるかと思うほど、痛んだ。

「だ、だが……」

そんなはしたないこと、本当にしてもいいのだろうか。しかし龍明の迷いをかなぐり捨てるように、千晴はあっさりと龍明のズボンを寛《くつろ》げ、下着の中から芯を持った性器を取り出してしまった。

「あ……っ」

初めての他人の手に、龍明は喘《あえ》いだ。自分でもたまに処理はしているが、それとはまったく違う。急所を握られている恐怖と、羞恥、そして期待感。それらが綯《な》い交ぜになって、身体がふわりと浮き上がる感覚に陥った。

千晴も自らの猛《たけ》りを取り出し、龍明のものと合わせて手の中に握り込む。

外国の血が入っているせいか、千晴のそれは龍明のものよりもひと回り以上大きかった。冠も立派で、幹も長く太い。今まで自分のそれにコンプレックスを持っていたわけではないのに、千晴のものと比べると、子ども同然で急に恥ずかしくなる。

「可愛いな、龍明」

止《とど》めを刺すように、千晴が言った。

「うるさい」

悔しさに、唇を噛む。しかしそのとき、ゆさゆさと千晴が動きだし、裏筋同士が擦れて文句を言うどころではなくなってしまった。

「あっ、く……っ」

こんな刺激、今まで受けたことがない。気持ちよさに、脳みそが溶けてしまいそうだった。

「もしかして、龍明も童貞？」

それなのに、千晴はまだまだ余裕がありそうな顔で訊いてくる。

「あ、たりまえだ……っ、門蔵家の者は、淫蕩《いんとう》に耽《ふけ》ったりしない」

「そっか。じゃあこういうの初めてか」

先走りが滲み出て、千晴の手を濡らしていく。滑りがよくなり、擦る速度も上がっていった。それと比例して、快感も当然増す。

「あっ、やめろ……っ」

手だけでなく、千晴は龍明を乗せたまま、突き上げるように腰を動かしはじめた。振り落とされないよう、千晴に抱きつくのが精一杯で、龍明は逃げられない快楽に喘ぐほかなかった。

「あー、イキそう」

気持ちよさそうな声で、千晴が囁《ささや》いた。龍明も、限界が近い。

「ねえ、龍明、キスして」

そう言って、千晴が唇を突き出してきた。空色の目が、柔和に細められる。

唇へのキスは、ほかの場所と違って特別な意味を持つものだろう。恋人でもない、しかも男相手にそこを許すなど、考えられない。

だが。

——ああ、これも呪言なのだから、仕方がない。

言われるがまま、龍明は千晴の唇に吸いついた。その途端、痺《しび》れるような快感が、全身を襲った。

「……、あっ」

堪《こら》えきれず、足先に力が籠もる。そして千晴とほぼ同時に、龍明は白濁を撒《ま》き散らした。


気がつけば自室で布団の上に転がっていた。

窓の外を確認すると、夕方になっていた。痛む頭を押さえながら小鬼を呼び、水を持ってくるよう命令する。

「なぜこんなに酷い頭痛が……」

まるで霊力を使い果たしたかのような違和感がある。だが、頭とは反対に下半身は妙にスッキリしていて――……。

「あ」

そこでようやく思い出した。昨日、鬼女の危機が去ったあと、千晴にとんでもないことをされたのだ。ちょっとした好奇心で自分に呪言を掛けてみろと言ったせいで、辱められてしまった。

かあっと乙女のように頬が熱くなる。

あのあと、千晴がここまで運んでくれたのだろうか。服は整えられ、汚れている様子もない。たかだか自慰の延長くらいで気を失った自分も恥ずかしいが、千晴に後始末をされたのも屈辱だった。

「くそっ」

羞恥が憤怒に変わり、龍明は枕に八つ当たりした。その音に、隣の部屋にいた有星が声をかけてくる。

「兄さん、起きたんですか？」

たたたっと部屋を出る足音がしたかと思えば、水を持った小鬼とともに有星が部屋を覗いた。

「よかった。千晴さんはただ寝ているだけだから起こすなって言われたけど、あんなことがあったあとだから心配で……」

有星の言葉に、どきりと心臓が跳ねた。

「あんなこと？」

まさかばれてはいまいな、と平然を装って訊き返す。

「鬼女が襲ってきたんですよね？　それを、兄さんが退治したって。中庭はめちゃくちゃだし、相当な難敵だったんでしょう？　突然のことで祓の準備だってしてなかったし、だから霊力を使い果たしたって、千晴さんが言ってましたけど」

「私が？」

龍明はぎゅっと眉根を寄せた。どうして千晴ではなく、龍明が斃したことになっているのだ。

「違うんですか？」

有星が首を傾げた。

「ああ、いや」

千晴が機転を利かせてそう言ったのだろう。龍明もそれに乗ることにした。

「ところで、父さんと母さん、……あと、千晴は？」

千晴と顔を合わせるのは気まずいが、だからと言って避けるわけにもいかない。呪言の件もあるし、千晴とは早めに話をつけておかなければならなかった。思い出すと奥歯の辺りがぞわぞわするが、致し方ない。

「父さんと母さんには連絡したけど、解決したなら問題ないだろうって、予定どおり夜に戻ると。千晴さんは、中庭の掃除をしてくれてます」

「そうか」

小鬼から水を受け取り、それを一気に飲み干すと、龍明はゆっくりと立ち上がった。

「まだ無理をしないほうが」

有星が止めたが、龍明は頑《かたく》なに首を横に振って部屋を出た。心配そうに、小鬼が隣をついてくる。

茶菓子の件で褒めてやった小鬼だ。たったあれだけのことで懐くとは思わなかった。

――職場環境がいいと作業効率もアップするんだな、これが。皆嬉しいし俺も嬉しい。ウィンウィンってヤツだ。

千晴の言葉を思い出した。識神は皆ただの道具だと思っていたし、情をかけるものではないと教わってきていた。だが、こんなふうに心配されるのも存外悪くない。怯えられるよりはずっといい。

「お前は赤いから、桜《さくら》でいいか」

思いついた龍明が言うと、小鬼――桜はぱあっと笑顔になった。それからくいくいと龍明の裾を引き、ほかの識神にも名前をつけるように促した。

「面倒な」

渋面になりながらも、龍明は残りの小鬼を呼び出し、一匹ずつに名をつけていった。

柳《やなぎ》、桔梗《ききょう》、梅《うめ》、藤《ふじ》、菖蒲《しょうぶ》、椿《つばき》、桧《ひのき》、椛《もみじ》、躑躅《つつじ》――。

小鬼はざっとこんなものだろう。あとは白狼と鼬、白虎だけだ。

「白狼はどうしていた？」

鬼女の攻撃で重傷を負ったであろうが、死ぬ前に異界に戻るようにしてあったから、死んではいないだろう。小鬼に訊くと、大丈夫だと頷きが返ってきた。

「そうか」

安堵の息を吐き、それから龍明は鼬を呼び出した。

「お前は今日から凪《なぎ》だ」

突然の命名に、鼬――凪はきょとんと小首を傾げた。だがすぐにニッと口角と尻尾を上げると、龍明の肩に登ってきた。それに龍明の霊力の込められた霊符を数枚渡し、異界に戻って白狼に使うよう言う。これで多少は傷の治りも早くなるだろう。

小鬼を引き連れ、離れに向かう。

近づくにつれ、落ち着かない気持ちになる。手のひらはしっとりと汗ばみ、体温も上がっていった。こんなふうになるなんて、龍明にとっては初めての経験だ。

「龍明、もう起きて大丈夫なのか？」

中庭にいた千晴が、龍明に気づいて駆け寄ってきた。いつもどおりの表情に、龍明はむっとした。自分はこんなにも気が乱されているのに、当の本人はあっけらかんとしているのが気に喰わない。

「ああ。それより、お前、どうして有星に本当のことを言わなかった？」

頬に触れようとした千晴の手をぴしゃりと叩き、冷たい声で訊く。叩かれた手をさすりながら、千晴は苦笑した。

「そのほうがいいかと思って」

「まあ、お前が退治したとなれば大騒ぎになるだろうからな」

「うん。龍明も俺の力を隠したがってるみたいだし。龍明の手柄にしたほうが丸く収まる」

その言い方に、カチンときた。龍明は頭ひとつぶん高い千晴を睨みつけた。

「私が施しを受けたがっているように見えたのか」

確かに、千晴のことは伏せておいたほうがいい。だが、龍明は決して手柄を横取りしたいわけではなかった。そんな浅ましい人間だと思われるのは、癪《しゃく》に障る。

それでようやく千晴も自分の言が適切でないと理解したのか、焦ったように手を振った。

「ごめん。そういう意味じゃなくて。ほら、さっき俺に当主になりたいかどうか訊いてきただろ？俺としては、もし俺のせいで龍明と当主の座をかけて争う、なんてことになったら嫌だしさ。隠しておいてくれたほうがありがたいんだよな」

千晴からは、野心を感じない。頂点に立つよりも、なあなあで生温い環境に生きていたいタイプだというのは、もうだいぶわかってきている。その言葉が本心だということも、龍明には理解できる。だが、どうしてか胸の靄が晴れない。晴らす方法がわからないから、龍明は無理やり呑み込んで、話を切り出した。

訊かなければならないことが、いくつかある。

「お前は、無意識に方違えをやっている。そうだな？」

龍明の質問に、千晴が「ああ」と答えた。

「だが、今日はその方違えが当たらなかった」

「あー、それは……」

歯切れ悪く、千晴が目を泳がせた。

「なんだ？　言い分があるのか」

「予感はしてたから、当たってたのは、当たってた」

確かに、千晴は有星に対して予感がすると言っていたし、自分のことに関しても、龍明と一緒にいたほうがいいなどと曖昧なことを言っていた。

しかし、千晴は「悪い予感」とは言っていなかったはずだ。鬼女がやって来たのにも拘らず。これで当たっているとはどういう了見だ。

「それでは何か？　鬼女が来るのは忌みではなかったと？」

はっと鼻で笑って龍明が訊くと、千晴は意外にもあっさりと「まあな」と肩をすくめてみせた。

「鬼女が来たときは、初めて勘が外れたって思ったよ。だけど、結果的に俺にとって彼女は吉兆だったって気づいた」

「はあ？」

千晴が何を言っているのか、龍明にはちっとも理解できなかった。しばし考え、それから思いついたことを口にする。

「呪言が使えると気づいたからか」

それ以外にない。きっとそうに違いなかった。己の秘めたる力がどういうものか、鬼女のおかげで判明したのだ。千晴にとっては僥倖《ぎょうこう》だった。それならば納得できる。

龍明がひとりで頷いていると、千晴がふっと微笑《ほほえ》んで首の後ろを掻いた。

「敵わないなあ」

そして呟いたかと思えば、また距離を詰めてくる。こちらに向かって伸ばされた手に、龍明はびくりと過剰に身体を跳ねさせてしまった。はあ、と小さく息を吐き、千晴はそれ以上近寄るのを諦めた様子で、両手を背中に回した。

「な、なんだ」

「いや？　そうだな。俺が無意識に使ってたのが呪言だってわかってよかったよ。これも全部、龍明が身体を使ってまで実験してくれたおかげだ」

弓なりに空色の目が細められ、龍明を通してあのときのことを思い出しているのが見て取れた。龍明はかっと顔が赤くなるのを止められなかった。

「もう二度と私に使うなよ」

低い声で脅す。千晴はへらへらと笑ながら、「どうしようかな」などと曖昧に濁した。

「お前……っ」

つい、手が出た。拳を千晴の腹に入れる。だが、思った以上に硬かった。鍛えられた腹筋には、龍明のパンチなど効くはずもなかった。その拳を千晴が取り、勝ち誇ったように笑った。

「でもさ、龍明だって最後はノリノリだったじゃん」

千晴が痴態を思い出させるようなことを言うので、龍明はぐっと鼻の上にしわを作りながら反論した。

「それはお前が呪言で私を動けなくしたから、」

しかし、意味深な千晴の言い方に、はたと思い出してしまった。

あの行為の最後、千晴の瞳は空色だった。つまり、キスをしてと強請《ねだ》られたあのとき、呪言は既に解かれたあとだったのだ。それなのに、龍明は呪言だから仕方がない、と、自ら進んで千晴の唇にキスをした。

「あ……」

先程までとは比べものにならない羞恥が、龍明を呑み込んだ。全身が真っ赤になり、息がうまく吸えなくなってしまった。バシバシと力一杯千晴の胸を叩く。が、やはり効いていないようだった。

「ははっ、可愛いな」

「……っ、くそが！」

怒りに任せ、龍明は千晴の向こう脛を蹴り飛ばした。

「いっ！」

さすがにそれは効いたようで、千晴が蹲って呻いた。

「私に向かって可愛いなど、もう絶対に言うなよ。言ったら殺す」

中庭の掃除を手伝っていたらしい真珠と金剛が、千晴の傍に慌てて寄ってきた。雲母は猫らしく、我関せずといった顔で庭石の上で眠ったままだ。

「はぁい……」

情けない声で、千晴が返事を寄越した。まだまだ怒りは収まりそうになかったが、龍明は大きく深呼吸してなんとか気持ちを抑えたあと、踵を返した。

「父さんと母さんが戻ってくるまでに中庭を片づけておけよ。間に合わなかったら承知しない。それから、桜。お前が小鬼をまとめて動け。いいな？」

千晴と小鬼たちに指示を飛ばす。しかし、千晴がいらないことに気づき、声を上げた。

「あれっ、龍明も識神に名前をつけるようにしたんだ」

嬉しそうに微笑まれ、龍明は奥歯を噛みしめた。

「別に、お前の真似をしたんじゃないからな！」

吼えるように言い、離れを去る。その背中に、「頑張りまーす」と気の抜ける声が投げかけられ、ますます龍明は歯を食いしばることになった。

「あんな不埒《ふらち》な奴に負けるものか」

行儀悪く足音を立てながら部屋に戻った龍明に、有星が再び障子越しに訊く。

「な、何かあったんですか？」

「なんでもない。阿呆に無駄な時間を取られただけだ」

「父さんたちが戻ってきたら起こすので、休んでくださいね」

「ああ、そうする」

有星の気遣いを受け入れることにして、龍明は敷きっぱなしの布団に寝転がった。そして思い出して、有星に声をかけた。

「おい、そういえば渋川の陰陽師はどうした」

そいつが鬼女を識神にし損ねたせいでこうなっているのだ。責任を追及しなければ気が済まない。

「ああ、それなら、今ちょうど父さんと渋川の当主が一緒にいるから、話し合っている最中みたいですよ」

「厳罰だろうな？」

「それは、わからないけど……」

こちらが迷惑を被《こうむ》ったのだ。龍明の白狼にも被害が出た。陰陽師の認可を取り消すくらいしないと納得がいかない。

ちなみに、天和《てんな》の時代から、土御門家が陰陽師の認可を与える権限を持ち続けており、門蔵姓になってもそれは変わっていない。方術が使えたとしても、認可を受けず陰陽師を名乗った場合、一門からの制裁が待っている。つまり、職を失うということだ。陰陽師にとって認可取り消しは死罪の次に重いとされている罰だった。

それくらい、龍明は腹が立っていた。

頭に血が上るとさらに頭痛が激しくなる。もう寝てしまおうと布団を被って目を瞑る。が、瞼の裏に千晴の顔がちらついて眠れそうになかった。

成人した男を捕まえてキスしてほしいだの可愛いだの、千晴は頭がおかしいのではないか。それとも、男色の気《け》があるのだろうか。鬼女にも恋愛対象は男だと言っていたが、あれはてっきり説得のための嘘だと思っていた。だが、実は本当だったという線もあり得る。

心に決めた人がいる、とも言っていた。あれももし本気だったとしたら、千晴は自分のことを――

……龍明はそう考えてみた。が。

「いや、ないな」

思わず、声に出して突っ込む。

千晴から、恋情めいた視線を送られたことはない。だからあれが嘘だとすぐに気づき、さして動揺もせず便乗できたのだ。千晴が龍明を可愛いだのなんだの言うのは、きっと雲母や真珠と同じ感覚なのだろう。現に千晴はしょっちゅう「可愛い」という言葉を使っている。有星に対しても、だ。

途端に、喉の奥が圧し潰される感覚に陥った。胸もズキズキと痛みを訴えている。

「はあ」

落ち着くように深呼吸を繰り返すが、治りそうにない。自分の身体と感情なのに、どうしてこんなにもままならないのか。

千晴と出会ってから、目まぐるしく龍明の心は動いている。

苛立ち、嫉妬、諦め、怒り、憐憫、不安、そして羞恥。

今までの人生でほとんど感じてこなかったものばかりが激しく掻き乱されて、自分が所詮ほかの人間と変わらない存在であることをまざまざと見せつけられた。自信もプライドもズタズタだ。

無意識に、唇をなぞる。キスの感触を思い出し、また龍明は顔を赤くした。

これから千晴と顔を合わせるたびに、思い出しそうな気がする。忘れようと思えば思うほど、きっと克明に脳裏に蘇るのだろう。


千晴が位相空間をつくれるようになったのは、門蔵家に来て半年過ぎた春のことだ。

もう四月も終わりだというのに、門蔵家所有の山の結界内には桜や梅が咲き乱れている。修練ついでに花見でもしようと、小鬼たちにピクニック用の諸々を持たせて登る。自分と同じ名前の木々に、小鬼たち、特に桜と梅ははしゃぎ回っていた。禾《みずがね》と白金《しろがね》、辰砂《しんしゃ》（龍明の白狼たちの名前だ。回復した折に名前をつけた）も久々の山に尻尾を振っている。狼というより完全に飼い犬のようだ。

今日はいよいよ千晴に白虎を紹介しようと龍明は思っていた。直接千晴に会わせると、白虎が千晴に鞍替《くらが》えしそうだという不安から、なかなか紹介できずにいたのだ。つくづく自分の狭量さと臆病さが嫌になる。

千晴は龍明のものを奪ったりしないというのに。

この半年で、千晴の善良さは身に沁みてわかった。方術を悪事に利用したりもしないし、龍明の友人たちともうまくやっている。利益にもならない邪気祓いも率先してやるし、修練にも真面目に取り組んでいる。

とはいえ、修練のやり方は龍明の手に負えるものではなかった。龍明と千晴では、あまりに方術の認識の根源が違いすぎるのだ。龍明のやり方では千晴は混乱するので、過程を飛ばして結果だけを見せる。すると、どうすればそうなるのかを勝手に考え、千晴は方術を正しく発動させる。

はじめは手順を踏まないそのやり方に苛々していた龍明だったが、最近は千晴から教わることも多く、人それぞれ違うのだとようやく認められるようになってきた。

有星のこともそうだ。

千晴に言われ、有星への認識を改めれば、有星が霊符に関しては飛び抜けて優秀だということもわかってきた。札への霊力の定着は、繊細なコントロールと集中力が要る。有星は龍明以上に集中力があり、細かい作業が得意だった。戦闘能力はなくとも、有星の霊符があれば、ほとんどの妖や呪いは跳ね除けられる。まさに国宝級の腕だ。

今までろくに評価してこなかった己を、龍明は恥じ、有星に詫《わ》びた。有星は兄の態度に最初こそ戸惑ったが、それが自信になったようで、今では少しずつ龍明の代わりに祭祀《さいし》に行くようになった。父の有星への評価も上がり、最近では一族の会合でも自慢して回っているらしい。

ただ、千晴に関しては未だ正確なことを報告できていない。隠しとおすのにも限度があるのはわかっているが、言えずにいた。

最初は当主の座を乗っ取られるという疑心があったせいだが、今はその理由からではなかった。千晴自身が権力争いに参加したくないとはっきり言っているからだ。自分の力の強大さを理解してはいるようだが、それで覇権を握ろうなどとは微塵《みじん》も思っていない。そんなものに巻き込むのは可哀想だと思ってしまった。

父から当主を引き継いだら、千晴には自分で道を決めさせようと龍明は考えている。有星とともに補助役に就いてもらうことも頭を過ったが、近頃の千晴を見ていると、傍にいさせるのはあまりよくないかもしれないと思いはじめていた。

「龍明、あっちに知らない物の怪がいる」

悪餓鬼のような笑顔を浮かべ、千晴が茂みの陰に身を潜めた。龍明にも隠れるよう言い、右手で輪をつくり、その輪を通してそうっと枝葉の隙間から向こうを覗く。遠見《とおみ》の方術だ。龍明も真似て覗くと、確かに見慣れない物の怪がいた。最近山に入ってきたのだろう。

「小さいな。霊力もそれほどなさそうだ」

狸《たぬき》だろうか。じっと観察する龍明に、ふと千晴が身を寄せてきた。近づいた体温に、龍明の心臓は跳ねた。

これが、千晴を傍に置くのを躊躇う理由だ。

鬼女の件で思わぬ接触があり、それ以降千晴が近くにいるとたびたびあのキスのことを思い出してしまう。そのせいで龍明の気が乱れ、簡単な方術でも途端にミスをする。今もそうだ。遠見の視界がぼやけ、物の怪が見えなくなってしまった。

「龍明？」

印を解いた龍明を、不思議そうにその原因が覗き込む。

「識神にしたいなら調伏してくればいい。私は識神たちと茶でも飲んでいるから」

ふいっと顔を背け、龍明は立ち上がった。その物音に、狸が逃げだした。

「ああ、行っちゃった。可愛かったけど、また今度だな」

「追いかければ間に合うだろう」

それに、呪言もある。千晴が「逃げるな」と言えば、きっとあの狸は動けなくなる。

「いいや。怖がってる相手を無理やりってのはあんまりしたくないし」

「どの口が」

思わず、龍明は鼻で笑った。龍明だって嫌がったのに、千晴は無理やりキスを命じた。唇を除いて、だが。

しかし言ってから、しまったと唇の裏側をきゅっと噛む。視界の端で捉えた千晴の顔が、ニヤニヤしていたからだ。あの一件を、千晴も思い出しているに違いなかった。

「怖がってはなかったじゃん」

「蒸し返すな」

赤くなりそうな顔を気合いで押し留《とど》め、龍明はからかうように顔を近づけてきた千晴の鳩尾《みぞおち》に肘鉄を入れた。

「う……っ、都合が悪くなるとすぐに暴力振るうんだから」

さしてダメージもないだろうに、大袈裟に痛がりながら、千晴が抗議した。

「お前にだけだ」

「えっ、それって俺が特別ってこと……？」

自分を苛立たせる存在はほかにいないという意味なのに、おかしな解釈で勝手に喜ぶ千晴に呆れ、龍明は無言で小鬼たちのほうを向いた。

「桜、茶の用意を」

識神のほうがよほど聞き分けがいい。小鬼たちはテキパキとシートや座布団を用意し、折り畳みのテーブルに茶菓子も綺麗に並べ、水筒に入れた熱い焙《ほう》じ茶をコップに注ぐ。

白狼たちもシートの周りに寝そべり、のんびりと寛いでいる。

以前の龍明なら、だらしないと言って叱《しか》っていただろう。だが、安全圏にいるときは多少目を瞑ることにした。千晴の言う、職場環境の改善というやつだ。すると不思議なことに、白狼を召喚するときの霊力の消費がわずかばかり減った。

識神に名前をつけたり、一緒になって遊ぶことは無意味だと思っていたが、案外そうではないのかもしれない、と龍明は思いはじめている。

「いい天気になってよかったな」と、茶を啜りながら千晴が言った。「もう今年は花見ができないかと思ってた」

そう思うのも無理はない。この二ヶ月、門蔵家は慌ただしかったのだ。

鬼女の件で、識神にし損ねた渋川の陰陽師は、最終的に一年間の謹慎が言い渡された。

父としては、本来は二度と陰陽師を名乗らせないようにしたかったらしいが、処分を言い渡したあと、渋川家だけでなく、複数の傍系の当主がごねたらしい。たったあれだけのことで、認可取り消しは重すぎる、年々優秀な人材が減っているのだから、大目に見るべきだ、と。

一方で、門蔵家の肩を持つ傍系たちがそれに反発し、話し合いは泥沼となっていった。何度も一族会議が開かれ、それに龍明も付き合わされた。

それだけならまだいい。

会議だけでなく、この機会に門蔵家との交流を増やそうとする者も多く、会食に誘われ、そのついでに著名人たちともコネクションができ、どんどん仕事が舞い込む、という流れができあがってしまっていた。

四月になれば大学も始まり、表立って千晴に手伝ってもらうわけにもいかず、ますます忙しくなりそうなところで、ようやく渋川の件に決着がついた。

せっつかれる仕事も一週間で片がつき、残っているのは緊急性のない祭祀や祓だけになった。そして今日が、久々にもぎ取った休みだった。

たまには自宅でのんびり過ごそうかと思っていた龍明だったが、千晴が突然山に行きたいと言いだしたので、付き合うことになってしまった。

だが、結果的に来てよかった。山の空気は澄んでいて、すっかり減っていた霊力を蓄えるのにちょうどいい。千晴の修練もおざなりになっていたので、今日はきちんと見てやれる。

ぷつりと髪の毛を引き抜き、龍明はそれにふっと息を吹きかけた。細い黒髪はたちまち白虎の姿になり、龍明の前に静かに座った。

『しばらくぶりよの』

ここ数ヶ月、呼び出してないことをちくりと刺された。

「呼んだのに来なかったのは白虎殿じゃないか」

鬼女に応戦してもらおうとしたが、白虎は頑なにそれを拒んだ。

『はっ、その代わり面白いものが見られたであろう?』

そう言って、白虎は千晴にちらりと視線を遣った。千晴は白虎に目を輝かせている。

確かに、白虎が来なかったから千晴の呪言がわかった。だが、来てくれていたら、そのあとのこともなかったのだ。

思い出し、ひとりカッと顔を赤くした龍明に、白虎がふっと笑った気配がした。異界にいたはずなのに、どこまで知っているのだろう。相変わらず読めない神獣だ。

『千晴よ、寄れ』

くいっと顎で呼ばれ、千晴は戸惑いつつも立ち上がり、白虎のほうへと一歩進んだ。白虎は確かめるように千晴の匂いを嗅ぐ。

そして、『やはりちぃと違うな』と残念そうに呟いた。なんのことだと千晴は目を瞬くが、龍明には何と違うのか、見当がついていた。白虎は千晴に晴明を重ねようとしていたのだろう。

だが、千晴よりはきっと直系の龍明のほうが姿形も匂いも、晴明に似ているはずだ。千晴には外国の血も混じっているし、祖父母も両親も陰陽師とはかけ離れたところにいたようだから、それは仕方のないことだ。

「千晴、こちらは白虎殿だ。お前も聞いたことくらいはあるだろう。四神獣の一柱で、西方を守護しておられる」

龍明が紹介すると、千晴は「すっげぇ」と拍手をした。

「神様なんてとんでもないのを識神にしてるんだな！」

「いや、正確には私の識神ではない。ただ、ごくたまに気まぐれに、力を貸してくださるだけだ」

気まぐれ、に力を入れて言う。白虎は龍明の言葉を無視し、近くにいた桜におはぎを出すよう言う。困っている桜に、「出してやれ」と龍明は言った。元々、白虎のために持ってきたものだ。

器用に母特製のおはぎを手で持って食べる白虎に、龍明は訊いた。

「私のままでいいのか」

千晴に鞍替えしなくていいのか、という意味だ。

『どちらにせよ同じこと。お前の傍には常におるであろう？』

白虎は鼻で笑ってそう答えた。

「数年はそうだろうが、先のことはわからないぞ」

またからかってくるかと思っていたのだが、白虎はううんと唸り、口の周りについた餡子を舐めとりながら言う。

『これが吉兆なのか凶兆なのか、皆目見当もつかん。やはりあやつの考えていることは奇怪よ。とんだ化け狐を祖に持ったものだ』

「晴明様のことか」

『まあな』

なぜ突然晴明の名前が出てくるのか、龍明にはわからなかったが、白虎はこれ以上は答える気がないようだった。しかし、千晴を一瞥《いちべつ》し、何を思いついたのか、龍明にすり寄ると、大きな舌でべろりと顔を舐めてくる。小豆の匂いがした。

『我も一枚嚙むとしよう。龍明、ひとつ加護をやった。うまく使えよ。それから、千晴よ。貴様、もう使えるではないか』

意味深長な言葉を残し、白虎はすうっと消えていった。龍明の霊力に混じって、白虎の気配が全身に纏わりついている。これが加護というものだろうか。初めて貰《もら》ったのでいまいちわからないが、白虎がそう言ったのだからそうなのだろう。龍明は受け入れ、使いどころを後々考えることにした。

「思ったより小さかったな」

いなくなった白虎について、千晴が感想を述べた。

「あれは仮の姿だ。本来はもっと大きい」

おはぎを堪能するために小さくなっているのだと聞いたことがある。

「ところで、もう使えるとはなんのことだ」

白虎が言っていた言葉の意味を、千晴に問う。

「ああ」

首の後ろを搔きながら、千晴は苦笑した。

「位相のことだと思う。この前ひとりで練習してたらできたんだ」

方術を教えて、まだ半年しか経っていない。もう位相空間をつくれるというのなら、すごいことだ。

龍明が十年以上かけて成したことを、千晴は半年でやってのけた。

「なぜすぐに言わなかった」

興奮気味に龍明が迫ると、千晴は目を泳がせて答えた。

「だって、位相ってすごいことなんだろ。有星もまだできないって言ってたし」

「有星に悪いと思ったのか」

頷いた千晴を、龍明は鼻で笑った。

「あいつはもう自分の力量をわかっている。私だってそうだ。お前が規格外の奴だということも知っている。今さら驚きはしない。隠されているほうが不愉快だ」

「ごめん」

この様子なら、もっといろいろできるようになっているかもしれない、と龍明は目を細めた。腹の底が、ずん、と重くなったように感じた。口の中もカラカラに渇いていく。思った以上に、千晴に隠し事をされていたのがショックだったらしい。

「ほかにも何かできるのか」

素直に、龍明はそう投げかけた。

「金剛の力を借りて、狐火を起こせるようになった」

千晴が答えた。

「見せてみろ」

龍明に言われ、千晴は金剛を呼び、それから蒼《あお》い炎を出して見せた。お化け屋敷にある人魂のようだった。

「龍明に見せてないのはこれだけかな」

「そうか」

披露してもらったというのに、龍明の気は晴れない。どうしてなのかは、龍明自身にもわからなかった。

そのあとは花を見ながら茶を啜り、識神たちが遊ぶのをただ眺めていた。修練しようと思ったが、珍しくやる気が起きなかった。ここのところ疲れていたから、たまにはこんな日があってもいい。

それに、龍明が千晴に教えることは、きっともうない。そんな気がした。

もはや嫉妬すら起きない。圧倒的な力を前に、成す術《すべ》がないのだ。いつぞや千晴が龍明に言った言葉が、見事に刺さった。

——そんなことをしてたら、将来自分よりすごい人が出てきたときに、同じことを言われて惨めになるのは龍明さんだよ。

しかし、その言葉のおかげで、今の自分の状態を、そんなに悲観していないのも事実だった。

千晴は龍明より方術が得意だった。それだけの話だ。きっと探せば、自分にも千晴より優れているところはある。優れていないからといって、努力をしないという選択肢もない。

「なあ、千晴。お前、本当に当主にならなくていいのか」

ざあっと風が吹き、花びらが舞った。

千晴が当主になるのなら、自分は誠心誠意補佐をする。千晴が苦手なことはすべて引き受けるから、圧倒的な力で一族を従える千晴を見てみたい。一瞬、そう思ってしまった。いや、その姿が正しいと感じてしまったのだ。

「俺は今のままでいいよ」

ふっと千晴が笑って言った。その顔がどこか悲しそうで、龍明は眉を寄せた。

「やれと言われたらやるか？」

「やらない」

ブンブンと、子どもが駄々を捏ねるように千晴は首を激しく振った。

「私はお前が当主のほうがいいと思う」

自分より上の者がいるとわかっていながら、その座に座り続けるのは、後ろめたさを一生抱えることに繋がる。千晴が嫌ならば仕方がないが、龍明の本心は、やはり千晴のほうが相応しいと思ってしまっている。今日のことで特にその想いが強くなった。

「これは、わざとなのかな」

ふいに、千晴が呟いた。何が、と思って視線を遣ると、千晴は空を見つめたまま、ぼんやりと続けた。

「全部、どこに行っても、吉兆しか視えない」

「それならやはりお前が当主をしたほうがいいんじゃないか」

龍明が返すが、しかし千晴の顔は曇っていた。

「ううん。不自然だから。多分絶対おかしいんだ」

どういう意味だと問うても、千晴は白虎のように肝心なことは何ひとつ答えようとはしなかった。

結局そのまま山を下り、自宅へと戻った矢先のことだった。

「龍明、千晴さん、話があるので奥座敷へどうぞ」

玄関で待ち構えていた母にそう言われ、ふたりは顔を見合わせた。

「何かあったんですか」

母に訊くが、つんと顎を上げて、答えない。どうして龍明の周りはこう話をしない者ばかりなのだろう。

奥座敷に着くと、そこには父と有星がいた。父の前に並んで座り、話をじっと待つ。

「千晴くんが位相をつかえるようになったというのは本当か？」

薄っすら口元に笑みを浮かべながら、父が訊いた。しかし目は笑っていない。どこでばれたのだろうとちらりと有星を横目で見れば、彼の顔面が青くなっていた。なんらかの経緯でばれてしまったらしい。

「龍明、お前、黙っていたな？」

「……っ、千晴が位相を使えると知ったのは、ついさっきです」

「ならば千晴くんがお前に黙っていたのか」

「そうです」と千晴が即座に応えた。「すみません」

「とにかく、こんな短期間に位相がつかえるようになったというのは、信じ難い話だ。本当なら龍明よりも才覚がある。それから、位相云々《うんぬん》は置いておいても、龍明は千晴くんの才について、今まで私に黙っていたな？」

龍明は静かに頷いた。その途端、父が烈火のごとく怒りだす。

「己の保身のために、私に虚偽を伝えていたということか！　お前がそんな男だったとは、見損なったぞ、龍明！」

「なんの言い訳もございません」

畳に額を擦りつけ、龍明は謝罪した。父の言うことは事実だ。今は違うとしても、最初は保身のために言わなかった。

「あのっ、違うんス。俺が言わないでって頼んでたから、」

千晴が庇おうと口を挟むが、父が指を振って口を閉じさせた。

「龍明には、君より私に従う義務がある。言わないでくれと頼まれたところで、聞く道理はない。そもそも、五芒星の宝剣を君が持っていたということが、どれほど重要かわかるか？」

あれは千晴が安倍家の子孫だと示すためのものではなかったのか。それ以外に、何があるというのだろう。

「一族の中には、千晴くんが晴明様の生まれ変わりだという者がいるのだ。五芒星の宝剣は、どの文献にも載っていない。だから千晴くん自身が造りだしたものではないか、とな。生まれ変わりなら、晴明様の霊力が込められたものを用意するのは造作もない」

「え……？」

思わず、龍明は顔を上げた。父は冗談を言っている顔ではなかった。

「龍明が教育しても、その才がそこそこだったから、そんなのは与太話だと鼻で笑い飛ばせていた。

しまった」


だが、もう位相を扱えるというのなら話は別だ。あの五芒星の宝剣には、十分すぎる意味が生まれて
「ですが！　白虎殿が、千晴は違うと……」

白虎は晴明本人を知っている。それを間違うはずがない。

「どうだかな。神獣は気まぐれだ。それはお前も身に沁みて知っているだろう」

「それは……」

白虎が嘘をついていないという保証はどこにもなかった。意味深長なことも言っていた。それが今になって呪いのように引っ掛かる。

「晴明様の生まれ変わりなら、当主の座は千晴くんに譲らなくてはならない。お前ならわかるな、龍明。すべての陰陽師の望みは、晴明様の復活なのだから」

安倍晴明という存在は、陰陽師の象徴であり、宿願でもあった。現代の陰陽師では扱えない、もっと強大な方術や呪詛。それを使えるようになるには、〝晴明〟が必要なのだ。

ピッと、千晴が指を振った。

「生まれ変わりじゃないッス」

あっさりと呪を解いた千晴を、父が驚いた目で見つめた。

「晴明様の記憶もないし、宝剣に宿ってる霊力も、俺のとは違う。ちょっと調べればわかることッスよ。確かに俺には才能があるかもしれないけど、それだけだと思うし」

久しぶりに聞いた敬語はやはり耳に逆らう。だがそんなことよりも、否定されてもなお笑う父のほうが不気味だった。

「だったら、確かめてみればいい」

「何を、」

「君が晴明様の生まれ変わりなら、易々とは死なないだろう。もし違ったとしても、どれほど才能が秘められているか、窮地に立てば真価がわかるというものだ」

嫌な予感に、龍明は「いけません」と首を横に振った。父はそれを無視し、続けた。

「千晴くんには、山上船主《やまのうえのふなぬし》の再封印に隠岐《おき》へ行ってもらう」

「父さん！」

あまりの提案に、龍明は声を荒げた。

「山上船主……？」

千晴が困ったように首を傾げた。知らないのも無理はない。普通の歴史では習わない人物だ。

山上船主というのは、万葉集《まんようしゅう》にいくつもの和歌を残した山上憶良《おくら》の子とも言われている凄腕《すごうで》の陰陽師で、かつて桓武《かんむ》天皇を呪った罪で隠岐へと島流しになった。恨みを募らせ、死後、悪霊となった船主は、土御門の陰陽師たちに隠岐のとある小島の洞穴に封印されることとなった。

その封印というのが、百年に一度、緩む。封印が解けてしまえば、船主の悪霊は人々に災いをもたらしてしまう。だから緩みを確認した時点で、門蔵家を筆頭に、腕に覚えのある陰陽師たちが集まって封印の祭を執り行うことになっている。そのくらい厄介な悪霊だ。

それを、千晴ひとりでとは、あまりに酷だ。

「その辺にいる妖とは比べものにならないほど、厄介な悪霊のことだ」

龍明の説明に、千晴はわかっているのかいないのか、「へえ」と気の抜けた返事を寄越した。

「晴明様なら、船主くらいの悪霊、ひとりで封印できるだろう」

父がなんてことないふうに言った。

「だから、千晴は生まれ変わりなどではありません。そもそも、生まれ変わるなど、そんな御業があると聞いたこともない。かの泰山府君祭《たいざんふくんさい》でさえ、身代わりがいないと死者を蘇らせることはできなかったのに。千年以上前の人間が蘇ることなど、あり得るはずがない。危険です。もし千晴が船主に憑りつかれでもしたらどうするんですか」

「そのときはそのときだろう。陰陽師を集結させ、打ち斃すまで」

「千晴を殺せと？」

龍明が訊けば、父は白けた顔で言った。

「情が湧いたか」

ぐっと唇を嚙みしめる。半年前までの龍明なら、きっと父と同じ思考だっただろう。千晴が晴明の生まれ変わりという可能性があるのなら、再封印をやってみせろとなんの臆面もなく言う側だったに違いない。それで千晴が死んだとて、仕方のない犠牲だったと割り切っていただろう。

しかし今、はっきりと理解してしまった。千晴を死なせたくはないし、少しでも彼に危険が及ぶようなことはさせたくないと思っている。

情が湧いたと言えばそうなのだろう。龍明は、千晴に近づきすぎた。今まで心を許せる友人がいなかった龍明の懐に、千晴はするりと入り込み、いつの間にか居座っていた。

「そうです」

少し間を空けて頷いた龍明に、はあ、と父のため息が降ってきた。父に失望されるのは、初めてのことだった。

「誰にも情は持つなと教えたはずだが。情が湧けば弱味になる。隙を見せれば、すぐに刺されるぞ。妖にも、人にもな。それほどまでに、門蔵家は敵が多い。普段は媚《こ》びへつらってくる傍系の奴らも、ひと皮剝けば真っ黒だ。だからこうして無茶な要求を突きつけてくる」

こめかみをトントンと叩き、父が目を瞑った。

「まさか、再封印の件は、一族会議で？」

龍明の問いに、父は肩をすくめて頷いた。

「前々から、千晴くんのことを探っていた者がいたようでな。お前が珍しく目をかけていたし、邪気祓いや祭祀にも連れていっただろう。普段から識神も連れ歩いているのを見て、やはり何かあるに違いないと噂《うわさ》はされていたのだ。後手に回ってしまったのは、お前を信用して任せていた私の不手際だな」

「申し訳ありません」

父もまさか龍明が虚偽の報告をしているとは夢にも思わなかっただろう。それだけの信頼を得ているという自負はあった。

「知ってしまったからには、私とて見過ごせない。少しでも疑惑があるのなら、会議で決まったとおり千晴くんの本当の実力を試させてもらうほかない。隠しとおせるものでもないしな」

判断を間違えた、と龍明は項垂れた。だが、どのみちこうなっていただろう。千晴の才能を隠すというのなら、陰陽師を辞めてここから出ていってもらうしかないのだから。

「私も行きます」

龍明はキッと顔を上げて言った。

「私の責任なので、私も行くべきです。そもそも、封印の祭の手順を千晴は知りません。何も知らないまま行ったら、悪霊が復活し、千晴が無駄死にするだけです」

しばし考え、父が息を吐いた。

「それもそうだな。ただし、次期当主候補がどちらも死ぬのは頂けない。再封印が無理だとわかった時点で、お前はすぐに離脱して必ず生き残れ。死ぬことは許さない」

「はい。寛大なお心遣いに感謝します」

深々と首《こうべ》を垂れ、龍明は畳に額を擦りつけた。

「千晴くんも、それでいいな?」

向かう。


「あ、はい」

気圧されるように頷き、千晴も龍明と同じように土下座をした。

三日後には隠岐に行くことが決まり、準備をしておくよう言われたので、そそくさと三人で離れに向かう。

「ごめんなさい、兄さん」

久しぶりに、有星の謝罪を聞いた。

「僕、たまたま千晴さんが位相を使っているのに気づいちゃって、すごいねってガンちゃんと話してたんです。どうやらそれを父さんの識神が聞いていたみたいで……」

顔面蒼白《そうはく》のまま、有星が説明した。

「いや、俺も迂闊《うかつ》だったから、有星のせいじゃないよ」

「そうだな。父さんの識神がそこらにいる家でやるべきじゃなかった。傍系も動いているというのなら、遅かれ早かれこうなっていた」

気にするな、と肩に手を置くと、有星は詰めていた息をようやく吐きだした。

「それより、山上船主ってそんなにやばいの？」

自分の窮地だというのに、千晴はさして怯えも見せずに訊いた。

「お前も聞いただろう。本来何人もの陰陽師がまとめてかかってようやく再封印するような悪霊なんだ。それをお前ひとりでやれと言われてるんだぞ？」

危機感が足りない、と龍明が怒るものの、千晴はそれでも実感が湧かないようだった。

「うーん、別に悪い予感はしないし、大丈夫じゃない？」

「それでも」

顔をしかめ、龍明は言う。

「無事に封印できたとしたら、却って厄介なことになるんだぞ。お前は二度とうちの血筋から逃げられない。いくら当主を拒もうとも、この先ずっと追われる身になる」

龍明以上の力の持ち主など、この先数百年現れるかどうかもわからない貴重な人材だ。たとえ晴明の生まれ変わりでなくとも、神輿《みこし》を担ごうとする人間は現れるに決まっている。千晴は正式には門蔵家の人間ではない。そこを突いて、門蔵家の地位を下げようとする輩《やから》も出てくるに違いなかった。

千晴がどんな反応をするか、龍明は息を殺して待った。

しかし、意外なことに千晴は視線を伏せ、ふっと笑った。いつもの陽気さとは違う陰を含んだその笑みに、胸がざわつく。

「先のことはわからない。なるようになる」

「千晴」

「さ、準備しよう！　俺、関東《かんとう》から出たことないから、結構楽しみなんだよな！　せっかくだし観光もしたいな〜。隠岐って鳥取《とっとり》だっけ？」

「島根《しまね》だ」

「まあどっちも遠方には変わりないか。留守中の雲母の世話は有星に任せていい？」

「あ、はい。もちろん」

一瞬垣間見《かいまみ》えた陰が嘘のように、千晴はウキウキとスマートフォンで地図アプリを開いた。その顔はもういつもどおりだった。

あの陰鬱な表情の理由は、誰とも縁の薄かった千晴の生い立ちから来ているものだと、このときの龍明は受け取った。幼くして両親を亡くし、唯一の拠《よ》り所だった祖父母も成人前に失った。人生何があるかわからない。だからこそ、折々に対応していくしかないのだという、千晴の経験則から来る諦観だと思っていた。

だが、そうではなかったのだと、後々になって龍明は知ることになる。


三日後、龍明と千晴は鳥取県境《さかい》港市《みなと》から出ている隠岐汽船に乗り、隠岐諸島へと向かった。ゴールデンウイークと被ってしまったせいで、観光客がやたらと多く、騒がしいのが嫌いな龍明はきゃあきゃあと騒ぐ子どもの声にげんなりしていた。一方の千晴はむしろ子どもに交じって遊んでいる。小雨が降っていたが、日本海は不気味なほど穏やかだった。

午後二時過ぎに現地に着くと、賀茂《かも》家の若い陰陽師（賀茂麻忠《あさただ》と名乗った）が先に来て、龍明たちを待ち構えていた。その男が祭祀の立ち合いをするという。賀茂家の中でもとりわけ優秀で、妖の姿がくっきりと見えるらしい。

彼が用意した小船に乗り、山上船主が封印されているというとある島（島周百メートルもなく、封印石だけがあるようなところだ）に降り立ってすぐ、手順どおりに千晴が儀式の準備を始めた。

念のため、龍明は島全体に結界を張る。手出しは無用ということだが、人除けと悪霊が外に出ないように禁固はしておかなければならない。

麻忠は龍明が手早く結界を張るのを見て、「さすがですね」と恐縮したように言った。気の弱そうな男だった。

「御占さん、でしたっけ。彼、本当にひとりで再封印なんてできるんですかね」

龍明とは別に、千晴がてきぱきと動くのを見ながら、麻忠が訊いた。

「できることを祈るしかない。できなかったら私も君もただでは済まないだろうからな」

脅すように龍明が答えると、麻忠は顔を青くした。

立ち合いで見守るだけとはいえ、危険がないとも限らない。いや、むしろ危険のほうがある。そのときは自分の身は自分で守ってもらわねば。

「龍明、準備できたよ～」

軽い調子で千晴が言った。

「よし。ちゃんとできたな」

目視で確認し、龍明は頷く。ふたりのやり取りを見ていた麻忠が、「まるで飼い主と犬みたいだ」

とぼそりと呟いたが、聞かなかったことにした。

「じゃあ、さっそくだけど、ちゃちゃっとやっちゃいますか」

龍明と麻忠は結界ギリギリのところまで下がり、じっと千晴を見守る。

そして、封印石に巻かれた注連縄《しめなわ》を、千晴が霊力を込めた手刀で切った。

その途端、ヘドロのような禍々しい気が空中に溢れ出る。それはすぐに人型になり、ブツブツと呪詛を撒き散らしはじめた。

離れたところにいる龍明でも、その邪悪さに息が詰まりそうだ。目の前にいる千晴はどれほど苦しいだろう。

しかし、千晴は眉ひとつ動かさず、黙々と再封印の手順を踏む。まるでそこに船主がいないかのように、その存在をまったく無視して、ただ教わったとおりの祝詞を唱えている。

「肝が据わってますね」

麻忠が呟いた。

「そういう男だ」

鬼女のときもそうだった。怯えることなく話しかけ、呪言によってあっさりと屠った。うちに来るまで、ただの邪気に怯えて逃げていたとは思えないほど、今の千晴は堂に入っている。

だが、どうにも船主の動きがおかしい。千晴の祝詞が効いていないようで、どんどんと澱《よど》みが膨れあがってきている。

「島に漂っていた邪気を取り込んでいるな」

封印されているあいだに計画を練っていたのか、船主は攻撃よりも呪力を上げることに注力しているようだった。千晴の霊力よりも船主の呪力が上回れば、封印は不可能だ。

じわじわと千晴が押されはじめているのを見て、龍明は唇を噛んだ。

こんなものに、千晴が負けるわけがない。そう信じたかった。晴明の生まれ変わりではないと言いながらも、晴明と同等の力を持っているはずだと、龍明は見込んでいた。もし彼ひとりでの封印がうまくいかなくとも、龍明がほんの少し手を貸せば、容易《たやす》いことだと思っていた。

だが、目の前で、千晴の霊力があからさまに押されている。このままでは澱みが千晴を覆い潰してしまう。

「くっ」

無表情だった千晴の顔が、苦痛に歪《ゆが》んだ。それを見たら、動かずにはいられなかった。

「千晴……!!」

龍明は思わず叫び、千晴の元へと駆け出した。

船主を抑え込むため、千晴の前に躍り出て、印を切って千晴の祝詞に霊力を重ねる。すると、一瞬禍々しい邪気が治まったように見えた。

しかし、ほっとしたのも束《つか》の間《ま》――……今までとは比べものにならないほどの呪力が噴き出し、気づけば鋭利に練られた呪詛の塊が、龍明に向かって飛んできていた。

避けることも、防御結界を張ることもできない。はっと息を呑むしかないわずかな時間だったはずなのに、龍明の目にはすべてがスローモーションに見えた。だがそれとは反対に、幼少期から現在までの様々な記憶が高速で頭の中を巡っていった。

そして記憶の最後でなぜか鮮明に思い出したのは、だらしない顔で笑う千晴の姿だった。

「龍明!!」

強く、名前を呼ばれた。そしてその瞬間、視界がシアンに染まる。

「……っ」

来る衝撃に備えていた龍明だったが、いつまでも痛みはやって来ない。何があったのかと周囲を見渡すと、そこは位相空間の中だった。

「これは……、千晴がやったのか」

位相をつくれるとは聞いていたが、見事なまでに静謐《せいひつ》さに溢れた完璧な空間だった。目の前の船主はいつの間にかものすごい量の霊符に覆われていて、飛んできていたはずの呪詛は消え失《う》せていた。ぶつぶつと人型のそれは何か呟いているが、もはやそこに呪力はなかった。封印が成功したことの証だ。あとはこれを封印石に押し込めるだけで終わる。

「やればできるじゃないか」

そう褒めて、龍明は背後を振り返った。そこで、再びはっと息を呑む。

「千晴、なのか……?」

後ろにいたのは、白い狩衣を着た男だった。

龍明は咄嗟に瞳を金色に輝かせた。そこに、五芒星が浮き上がる。

顔は確かに千晴のものだが、銀鼠色のツーブロックだった髪は腰の下まで伸びている。それに、瞳の色が、空色から深紅へと変わっていた。

自分の位相空間に入れれば、龍明も髪は伸びる。高位の方術を使おうとすれば、片方の瞳の色も金に変わる。

しかし、流れる霊力の量や性質までは変わらない。いや、変えられない。

「お前、誰だ……？」

龍明の目に映ったのは、見たこともないほど膨大で、おどろおどろしい霊力を纏った、千晴の顔をした何者かだった。

「ここで死なれては困るからな」

千晴の声で、その男が言った。しかし喋り方はまったく違う。馬鹿みたいに明るい跳ねた口調ではなく、しっとりと落ち着いた、色気のあるトーンだ。

「お前が今の土御門の当主か」

赤い目をすうっと細めて、男が訊いた。ただ喋っているだけなのに、息が詰まりそうになる。山上船主とは比べものにならないほどの、しかし、それは呪力のせいではなく、濃密すぎる霊力のせいだった。

嫌な考えが、頭を過る。

「今は門蔵だ。それに、私は当主ではない。現当主は私の父、天道だ」

「そうか」

質問した割にさして興味がなさそうに、男は顎を上げた。そして、くるくるとその場で回りはじめた。何をしているのかと初めは訝った龍明だったが、すぐにその理由がわかった。

千晴の身体での動作をチェックしているのだ。

「再度お尋ね申す。貴方《あなた》は何者か」

気圧されながらも龍明が訊くと、男はようやく回るのを止め、愉快そうに唇の端を吊り上げた。まるで化け狐のようだ。

「鈍くないお前ならもうわかっているだろう。考えているとおりだ。俺の名は――、」

知らないあいだに手に持っていた扇で男が顔を隠す。そして次に顔を見せたときには、その銀鼠色の髪は漆黒に染まり、容貌も日本人風の軽薄そうな色男に変わっていた。

「……――安倍晴明だ」

龍明は、ただ彼を見つめることしかできなかった。本来であれば、晴明は陰陽師の頂点であり、祖として最大限の礼を尽くさねばならない存在だ。今すぐ膝を折り、首を垂れるべきなのはわかっている。だが、それよりも龍明は、千晴のことが気がかりだった。

「千晴は、千晴はどうなったのですか」

龍明の瞳の中の五芒星は、千晴の気配を辿れなかった。目の前にいたはずなのに、今は違う男がそこに立っている。

「千晴か？　俺の中にちゃんといるぞ。まだ溶けるのには時間がかかりそうだがな」

晴明が言った。

「溶けるとは、どういう……」

焦りを滲ませて訊く龍明に、晴明がおやっと眉を上げた。

「千晴はお前の情人であったか」

「じ、情人ではありません。それよりも、あいつは」

突然飛び出した単語に龍明は首を振りながらも、続きを促す。

「まあそう焦るな。きちんと説明してやるから」

そう言って、晴明は霊符で覆われた山上船主のほうへと近づいていく。封印石に入れ直すのかと思いきや、晴明はパンッと手を叩いた。すると、見る見るうちに船主の身体が小さくなっていく。そして飴玉《あめだま》ほどに圧縮されたそれを手の上に転がすと、あろうことか晴明はぱくりとそれを食べてしまった。

「いやあ、なかなかに苦いな」

驚いて、龍明は瞠目する。まるで、識神たちが邪気を食べるのと同じ光景だった。

「食べたのですか？」

「お前は食べないのか？」

「人間は邪気や邪神を食べません」

龍明が答えると、晴明は「あなや！」と驚いた様子で後ろに仰《の》け反《ぞ》って見せた。

「仮にも俺の血が流れているであろうに、純な人間を名乗ろうとは」

ははは、と可笑しそうに笑う晴明に、龍明は急かすように言う。

「それで、説明の続きは」

「ほんに、お前はせっかちだな」

呆れてため息を吐き、晴明はどかりと封印石になる予定だった大岩に腰掛けた。

「まずもって、俺の死後の話をしようか」

「お願いします」

龍明は晴明の前の地べたに正座した。脛が痛くなるかと思ったが、晴明が何かをしたのだろう、急に草花が足元に生い茂り、痛みを和らげた。

「俺が死んだのが寛弘《かんこう》二年だったか三年だったか……、とにかくそのあたりだ。今からおおよそ千年前。死ぬ前の俺は、とある方術の研究中だった。泰山府君祭は知っているか」

「ええ、もちろんです」

泰山府君祭とは、誰かを身代わりに死者を蘇らせるという禁術のひとつだ。泰山府君は人の寿命を掌握している神で、泰山府君に延命を求めることによって祭が成り立つと言われている。ただし、よほど高位の陰陽師ではないと泰山府君は願いを聞き入れない。

晴明は何度もこの祭祀を成功させている逸話があるが、晴明以外誰にも扱えず、晴明に次ぐ霊力の持ち主だと持て囃《はや》されている龍明にだってできるかどうかはわからなかった。

「あれは少し趣味の悪いものでな。他人の寿命と引き換えにしなければ死者を蘇らせることはできないという代物だ。だから俺は、あまり使いたくはない。命を奪うという行為は苦手なんでな。……そこで、だ」

パンッ、と晴明が手を叩く。また何か起こるのではないかと警戒したが、特に何も起こらない。ただ単に手を叩いただけのようだ。

「俺は思いついたんだ。泰然府君祭をより多くの人間でやれば、誰の命も奪わずに死者を蘇らせることができるのではないかと」

確かに、理屈はわかる。誰かの寿命をすべて吸い上げて生き返るよりは、大人数から少しずつ分けてもらえば、個々の負担は少なくて済む。つまり、死なずに済むのだ。

だが、それを泰山府君が聞き入れるのだろうか。ただでさえ他人の寿命を奪うなど、神がよしとするはずがないのに。

「その研究結果が、ここにいる貴方ですか」

「ああ」

得意げに晴明が頷いた。

ふざけるな、と龍明は叫びだしそうになった。それを深呼吸で抑え、訊く。

「それで、千晴は？」

「まあ聞け。こちらでもちょっとした手違いがあったのだ。泰山府君に願い出たのはいいが、俺の贄《にえ》になるのは俺の子孫でなければならないと言われてな。しかも、蘇るのは千年後だと。だから俺は魂だけになり、子孫の寿命を少し分けてもらいながら、今このときまで潜んでおったのだ。そして千晴が生まれたのがちょうど俺の死後千年のときだった。千晴が最後の贄だ。しかしな、そこで俺はとんでもない過ちに気づいてしまった」

大仰に、晴明が自分の頭をポンと叩いた。

「蘇るにしても、器がなかったのだよ。俺の身体はとっくに腐って土の養分になっている。だから、魂を入れる器を探さなければならなかった」

「その器が、千晴だと？」

握りしめた龍明の拳から、血が滲み出た。

「そうだ。だが、千晴にも魂がある。赤子とはいえ、それを追い出すのは、ちと可哀想でな。それに、それでは結局普通の泰山府君祭と変わらないではないか。千年も待ったというのに馬鹿らしい」

はあ、と晴明は首を傾け、目を閉じた。

そして次に目を開いたとき、彼の姿は長髪の千晴に戻っていた。

「とはいえ、十分に蘇りの準備は整った。そろそろ俺も自由に動く身体がほしい。どうしようかと考え抜いた結果、千晴が死にそうになったらこの身体を譲ってもらうことにしたのだ。老人の身体でも、若返ろうと思えば今の俺ならできるしな。まあ、今回のことでちと計画が早まってしまったから、若返りもせずに済むが」

「早まったって、それにしたってあまりにも――……」

そこで、龍明ははたと気づく。千晴の縁が、不自然なほど途切れていたことに。

「まさか、千晴の縁を切っていたのは貴方ですか」

「視たのか」

友だちがいないと悲しそうな顔をしていた千晴を思い出した。両親も幼い頃に亡くなっている。祖父母だって、もういない。それらが晴明のせいではなくとも、その他の薄縁の原因が、晴明が千晴の身体を乗っ取ったあと、それに気づく人物がいないように、わざと深い人間関係をつくらせなかったためだと考えれば合点がいく。

「なんて惨いことを」

怒りに全身が震える。私欲のために千晴の貴重な青春を奪うという、こんな自分勝手な男を、陰陽師の頂点として崇《あが》め奉っていたとは。

龍明が立ち上がり、千晴の顔をした晴明に詰め寄ると、彼はニヤニヤと下卑た笑いを見せた。

「必死だな。そんなに好きか、この男が」

「な……っ、今はそんな話をしているのでは、」

「同じこと。情が深ければ深いほど、その人がいなくなった原因に対しての怒りは激しく燃える。お前の炎はただの友人程度ではないだろう。それともあれか？　まさかお前、気づいていないのか、自分の心に」

「はあ……？」

――自分が千晴のことを好きだなど、あるわけがない。

だがふと、彼にキスしたときのことを思い出し、かあっと頬が熱を持つ。それを見て、晴明がにたりと弓なりに目を細めた。

「認めてしまえば楽なものを」

呪言で縛られずとも、千晴の唇にキスをしたくなった。時折あの日のことを思い出し、抑えきれない衝動に駆られる夜もあった。

これが友人を想うにはあまりに過剰な感情だというのなら、きっと晴明の言うとおり、恋と名づけるのが相応しい。

――だが。

「認めたところで、なんになる」

千晴は、もういない。目の前の男がその身体を乗っ取ってしまったのだから。恋心を認めたとしても、それは永遠に叶わない。

晴明は本当に酷い男だ。気づかずにいられればまだマシだったものを。

キッと龍明が晴明を睨みつけると、彼はゆるゆると頭を左右に振った。そして言う。

「まあ怒るな。正直に言って、まだ千晴の魂は失われてはいない。溶かそうとしてもなかなか頑固な奴でな。ついこの前まで生に執着がなかったくせに、今は驚くほど固執している。お前のせいかもなあ」

意味深な笑顔を浮かべ、晴明は続ける。

「今の状態だと、まだ千晴を乗っ取らずにいてやることもできる。だが、先送りにしても同じこと。仮に千晴でなくとも、次の子孫になるだけだ」

龍明はぐっと唇を噛んだ。拳だけでなく、唇からも血が滲む。

どうしても、千晴を助けたい。

晴明の計画のせいで、千晴は今までまともな人生を歩んでこられなかった。晴明が縁を切らなければ、たくさんの友人に囲まれて幸せな日々を送っていただろうに。

まだ、千晴は人生を謳歌《おうか》できていない。これまで不幸だったぶん、彼にはこれから明るい景色を見てもらいたい。そうでなければ、釣り合いが取れない。そんなのは、あまりに不憫だ。

「……私では駄目なのか」

龍明は呟くように訊いた。そして無意識に自分の口から出たその質問に、はっと顔を上げた。

——そうだ。器の対象が子孫であればいいのなら、自分だってその対象だ。

「その役目は、私では駄目なのですか？」

もう一度、今度は晴明に向けて、訊く。晴明は「ふむ」と閉じた扇でポンポンと手のひらを叩きながら思案した。

「なるほど、お前が千晴の代わりに、か」

「はい。先程死にかけたのは私のほう。もし晴明様が助けてくれなければ、私は船主に殺されていたでしょう。だから、本来は千晴ではなく私が身体をお譲りするべきなのです」

「確かにな。私が助けなければ死んでいた」

「霊力には自信がありますし、それは白虎殿も認めています。身体も丈夫で、病気もない。何より門蔵家の次期当主でもあります。財力も十分。一生金には困らない。取って代わるにはちょうどよいでしょう」

晴明は見目麗しく、火遊び好きの色男だったと聞く。現代では金があるほうが何かと便利だ。龍明の提案に、晴明が揺らいでいるのがわかった。

あともうひと押しだ。

「それと、私より千晴のほうが優れているのならば、なおのこと千晴を残すべきです。陰陽師の未来のためには、才ある者が残っていた方がいい」

龍明のその一言に、晴明がふっと失笑した。何か可笑しなことを言っただろうかと冷や汗が滲む。

しかし、晴明はパチンッと扇を打ち鳴らして閉じると、その先端を龍明のほうへと向けて、言った。

「お前は冷酷で冷静そうに見えるのに、内面は随分と熱く、甘いな。だが、そこが気に入った。千晴ではなく、お前の身体を貰い受けることにしよう」

「ありがとうございます」

龍明はすぐさま地面にひれ伏した。

これで、千晴が助かる。そのことに、安堵する。自分がこの世から消えてなくなることに恐怖がないと言えば嘘になるが、その事実からは今はただ目を逸らす。

「俺も鬼ではない。別れの時間をくれてやる。次の満月、迎えにいく」

晴明が言い、狐のように目を眇《すが》める。その瞬間、さっと位相が解け、目の前には千晴がいつもの姿で地面に転がっていた。

「千晴！」

龍明は慌てて千晴を揺り起こす。

「う……」

短く呻き、千晴が目を開けた。

「大丈夫か、千晴」

「龍明……？」

しばらくぼうっとこちらを見つめていたが、だんだんと空色の目に力が戻ってくる。そしてはっと後ろを振り返り、船主の封印石を確かめた。

「再封印、どうなった!?」

位相の中での出来事は、千晴は知らないようだった。それにほっと息を吐いて、龍明は腕を組んで言った。

「お前がほとんどやってのけたよ。最後は私がやったがな。しかも、封印ではなく、完全に調伏して討伐してしまったから、もうこの島での祭祀は必要なくなる」

「そうなのですか⁉」

これに驚いたのは、位相空間の外にいて、状況を知る由もなかった麻忠だった。

「封印ではなく、討伐とは本当ですか？」

「確かめてみるといいだろう」

龍明に言われ、千晴と麻忠が封印石を調べはじめた。

「確かに、残穢しかない」

「船主の呪力は完全に消えてるな。結界の外に出た気配もない」

ふたりがおろおろと辺りを見渡す。

「だから言っただろう。もう山上船主はいないと」

「本当に……、すごいことですよ、門蔵さん、御占さん！　詳細をお聞きしても？」

立ち合いを任されているのに、何も見ていなかったでは済まされない。

千晴がだいたいの封印の儀を行っていたが、思ったよりも呪力を溜め込んでいた船主を封印するのに千晴ひとりでは危険だと判断し、途中で龍明が手を貸した。霊符で動きを止めたあと、封印ではなく滅却できそうだったのでそうした。案外簡単に斃せてしまった——という龍明の説明を、麻忠はこくこくと頷きながら聞き、「それじゃあこの話をそのまま上に報告しますね」と、なんの疑いもなく言ってのけた。すっかり龍明と千晴に心酔してしまったらしい。

「さあ、帰るか。疲れたから、今日はもう寝たい」

龍明が言うと、千晴がガッと肩を組んできた。

「マジですごいよ龍明！　俺、途中でやべぇかもって思ったのに、それをあっけなく倒しちゃうなんてさ！」

「それほどでもない」

答えながら、龍明は暗く笑った。だが、高揚しているらしい千晴は気づかない。

「寝る前に美味しい料理食べようよ。せっかく海に来たんだし、海鮮料理がいいな！」

近くなった千晴の顔に、龍明は胸を高鳴らせた。だが、顔には出さない。出してはいけない。

「ああ。それもそうだな。旅行など滅多にできるものでもないし」

これが龍明にとっての、最後の遠出だ。千晴と思い出をつくっておくのも悪くないと思ってそう返す。すると、千晴が瞬きを繰り返した。

「龍明がノッてくるなんて、珍しい」

「私だって美味いものを食べたいという欲求くらいある」

鬱陶しい、と千晴の身体を押し返し、歩くスピードを上げた。これ以上くっついていると、心臓の音が伝わってしまいそうだった。

「刺身に焼き魚に、煮つけ……、海鮮丼もいいな」

疲れた様子もなく、千晴がスキップでついてくる。

「今日は賀茂家が討伐祝いの宴《うたげ》を開きますから、好きなだけ飲み食いしてください」

ふたりを見る麻忠の目が、尊敬の念に溢れていた。それに少しの後ろめたさを覚えて、龍明は景色を見る振りで顔を背けた。


小島から戻った港で待ち構えていたのは、期待に満ち満ちた顔の陰陽師たちだった。失敗したとしても、どのみちすぐ封印できるよう、中ノ島《なかのしま》には一族の腕利き陰陽師が揃っていたというわけだ。不審の証でもあり、父なりの配慮の証でもあった。

船から降りた途端、皆が千晴を取り囲み、労《ねぎら》いの言葉をかける。

「いやあ、本当にやってのけるとは」

「晴明様の生まれ変わりというのもあながち間違いではないのでは」

そんな声が聞こえてきて、龍明は顔を曇らせた。

「いや、俺がやったわけじゃないんで」

千晴がそう言って困ったように首の後ろを掻く。

「俺は手伝いをしただけで、あとは全部龍明がやったことッス。船主を討伐したのは龍明だし、俺はほとんど何もやってないッスから」

謙遜《けんそん》でもなく、本心からの言葉に、周りに動揺が走った。千晴は覚えていないのだから無理もない。皆は千晴の品のない喋り方にも驚いたことだろう。どういうことだとさらに騒がしくなった皆を、パンッと龍明が手を叩いて止めた。

「千晴は晴明様の生まれ変わりではないと言っている。これは白虎殿も私と見解が一致している」

「白虎殿が……」

髪の毛を引き抜き、龍明はふっと息を吹きかけた。そこから現れた白虎に、千晴を除く陰陽師たちはすぐに地面に膝をつき、首を垂れた。

「白虎殿、説明をお願いしてもよろしいか」

『千晴は晴明とは似ても似つかんよ。見た目は龍明のほうがよほど似ておるわ』

ふんっと鼻を鳴らし、白虎が言う。それからそわそわ鼻を鳴らしはじめたので、母のおはぎが欲しいのだろうと推察する。だが、今はない。龍明は麻忠が松江《まつえ》で買ってきたという手土産の菓子折を箱ごと白虎に渡した。

「松江は和菓子処《どころ》だ。京都《きょうと》や東京のとは違う風味が楽しめるだろう」

『今回はまあこれでいいか。帰ったら寄越せよ』

「あいわかった」

龍明が約束すると、白虎は箱を持って異界へと消えていく。去り際、龍明に、『勿体ないから、最後くらい加護は使えよ』と一言添えて。

　そういえば、そんなものも貰っていた。白虎は龍明がもうすぐ消えることを既に知っているのだろう。しかし特に感慨もなさそうなのが白虎らしい。

「これでわかっただろう。だが、生まれ変わりでなくとも、この私以上の霊力を持っていることは確かだ。今はまだ少しの方術しか使えないが、教えたことはすぐに覚えるし、たった半年で位相も使えるようになった。これは驚異的なスピードだ」

「ちょ、龍明」

　自分の実力を隠しておいてほしい千晴は、龍明の暴露に慌てふためく。おお、とどよめきも上がった。それも無視して、龍明は続ける。

「とはいえ、私も負けてはいない。実際、山上船主を斃したのは私だし、白虎殿がついているのも私だ。もし皆が千晴に晴明様と同等の象徴性を期待しているのなら、やめたほうがいい。ちょっと話しただけでもわかるだろうが、こいつは人の上に立つ頭もやる気もない。上に立ったとて、こいつをうまく操ろうと今以上に不届きな奴らが跳梁跋扈《ちょうりょうばっこ》するだろう。権力だけを求めて身内で争えば、己で研鑽するまともな術者は減り、やがては消滅する。それがわかっている者は引け。陰陽師の頂点は、実力だけでなく頭脳と責任感を兼ね備えた私のような人間でなければならない」

　皆が、隣にいる者と顔を見合わせた。どう返事をすればいいのか、迷っているようだった。

　そんな中、麻忠が手を挙げた。

「あの、では、御占さんは今後どうなるのでしょう。門蔵さん――龍明さんが当主になったあとの話です」

千晴もそれは気になっているらしく、不安そうな顔で龍明を見た。

「今は私の世話役だが、ゆくゆくは門蔵家の養子に入って、私の補佐をしてもらうつもりだ。それ以外のことは本人の好きにすればいい。ああ、でも、千晴に子ができて、その子が優秀ならば、跡を継がせることも吝かではないな」

言いながら、龍明は千晴から目を逸らした。千晴が誰かと結ばれて、子を生《な》すのを想像したら、やりきれない思いがした。

だが、もう自分はそんな姿を見ずに済むのだ。むしろ、千晴が家庭を持って幸せになるのなら、そちらのほうがよい。

「俺は、結婚なんてしないよ」

首を左右に振り、千晴が龍明の腕を摑んだ。その手の冷たさに、肌が粟立つ。

「先のことなどわからんだろう」

「確かにそうだけど。でも俺は、」

何か言いかけたのを遮って、龍明は手を振り払った。

「この話は終わりだ。千晴本人にやる気がない以上、次期当主は私のほかにない。余計な画策はしないように」

どのみち晴明がこの身体を乗っ取るのなら、実力も頭脳も狡猾さも軽く千晴の上を行く。今不満を抱える者がいたとしても、ねじ伏せられる。

これでよかったのだ。

当初、龍明が思い描いていたのは、実力のある自分が陰陽師の頂点に君臨する姿。

しかし、千晴という天才を知り、彼がそのカリスマ性で人の上に立つ姿を見てみたくなった。それを本人が望んでいなくとも、煩わしい裏方は自分がやり、彼はただそこに最強の男として居てくれればいいと思っていた。

そして、今。

自分が晴明になり替わるのなら、全部が解決する。千晴はやりたくもない当主をしなくて済むし、自分は己の劣等感に悩まずに済む。それに、すべての陰陽師の悲願が、ようやく達成されるのだ。

文句のつけようがないほど、完璧な絵図だ。

「これでいい」

ぼそりと呟いた言葉は、隠岐の風に掻き消され、誰にも届くことはなかった。

山上船主の討伐祝いの宴は深夜まで続き、途中で温泉に入ったり、千晴が食べたがっていたものは大方食べ尽くしたりした。まだ十九歳の千晴の横で龍明は久々に酒を浴びるほど呑み、お開きになる頃には瞼が重くなっていた。

「龍明、本当に今日はどうしちゃったんだ」

歩くのを嫌がる龍明を、千晴が介助しながら旅館の部屋まで連れていく。

「どうもしない。私だってたまには呑みたくなる日もある」

「それはそうなんだけどさ」

納得いかない様子で千晴が唇を尖らせた。

その唇に、一度キスをしたことがある。思ったより柔らかく、生々しい感触だった。あれが龍明にとってのファーストキスで、おそらく最後のキスでもあった。たった一度キスをした、好いた男のために死ぬのだ。そう思うと、悪くない。そして悪くないなどと、乙女チックな感傷に浸っている自分が可笑しくて、龍明は思わず笑った。

部屋に着き、敷いてある布団に身を横たえられる。千晴がそのまま去っていこうとしたので、くいっと浴衣の裾を引っ張った。

「どこへ行く」

「どこって、自分の部屋だけど」

「この旅館はいいな。趣がある」

「そうだな。こういうところには初めて泊まるけど、めちゃくちゃ高そう。各部屋に露天風呂もついてるって。もうでっかいほうには入ったけど、またあとで入ろっかな」

「だが、ひとりで泊まるには広すぎる」

もう一度、龍明は千晴の裾を引いた。ごくり、と千晴が喉を鳴らすのが聞こえた。

「寂しいの？　龍明」

幼子に訊くようなことを言われ、はっとする。

――何をやっているのだ、自分は。

ぱっと手を離し、龍明は布団を被った。酒のせいでもう十分に真っ赤だった顔が、さらに赤くなっていく。

「龍明がいいなら、俺もここで寝るけど」

千晴が言って、灯りを消すと、傍にしゃがみ込んだ。どう答えていいか、わからなかった。しかし、ここで何も言わなければ、千晴は部屋を出ていってしまう。

――これが最後になるかもしれないのだ。

そう思うと、欲が出た。

「千晴」

障子から射し込む月明かりでも、十分に顔が見える。龍明は布団をめくり、隣に入るように視線で伝えた。

「大男ふたりだとはみ出ちゃうな」

笑いながら、千晴が忍び込んでくる。生足が当たり、びくりと身体が跳ねた。龍明は千晴に背を向け、ぎゅっと目を閉じた。

この先、どうすればいいのか、知らない。そもそも、どういうつもりで千晴が龍明の提案に乗ったのか、わからない。

「龍明」

耳元で、千晴が呼んだ。ぞわりと身体が震えて、下腹部が熱を持つ。

「抱きしめてもいい？」

訊かれ、ふっと耳に息を吹きかけられる。

「あ……っ」

高い声が洩れ、羞恥にさらに身悶《みもだ》えていると、龍明が頷いていないにも拘らず、千晴はそっと腕を回してきた。そして、「龍明に邪が憑りついてるみたいだから、身固する」と、もっともらしいことを言いだした。

抱き枕のように抱えられ、心臓が張り裂けそうに痛んだ。だが、しばらくすると、千晴の心臓も同じように鼓動を速めているのに気づく。

「千晴……？」

どんな顔をしているのか気になり、龍明はぐるりと身体を反転させた。

千晴の真剣な顔と、目が合った。いや、真剣というよりは、切羽詰まったような表情だった。どうしたのかと思えば、ぐいっと腰が押しつけられ、その理由に思い至る。

「龍明が可愛いこと言うから」

「お前がしたいなら、すればいい」

そっけない返事しかできなかった。それでも、千晴は龍明の気持ちを汲《く》んでくれたようだった。抱きしめていた腕を解き、その手を龍明の頬に添える。まじまじと顔を見つめられ、視線をどこにやっていいかわからないでいると、唇が塞がれた。

「ん……」

浴衣の合わせから、千晴の大きな手が忍び込んでくる。いつも熱いくらいなのに、今日の千晴の手はやけに冷たい。龍明の身体が酒のせいで熱いぶん、余計にそう感じる。

千晴の指が乳首に触れ、その周辺を揉みしだきはじめた。女ではないのだから膨らみがあるわけでもないのに、それを探すような手つきが切ない。しかし、他人の手で触られると、こんなにも違う感覚がするものなのだと初めて知った。

「龍明って、思ったよりも鍛えてるよな」

もう片方の手で、腹筋を触られる。いやらしく舐めるような手つきだった。

「……っ、陰陽師は身体が資本だろう。それに、お前に言われてもな」

褒める千晴のほうが、より男らしく、鍛え上げられた肉体をしている。龍明もそっとそれに触れてみると、想像どおりの硬さだった。

「俺の趣味、筋トレだから」

そう言ってにやりと笑い、千晴は唇を龍明の首筋へと落としていく。鬼女が出た日も、こんなふうにたくさんキスをされた。あのときよりも、ずっと鼓動がうるさい。

「龍明、すっげぇドキドキしてる」

唇が胸元まで下りてきて、千晴が赤子のように龍明の乳首を吸った。

「あっ」

思わず、声が出た。

「ここ、感じるんだ？」

「ちが……っ」

だが、否定したところで、ぷっくりと硬くしこった乳首では説得力も何もない。

「感じてくれるほうが俺は嬉しいけど」

軽くそこを嚙みながら、千晴が言った。そしていよいよ、龍明の帯に手をかけ、浴衣を取り払った。

期待に膨らんだそこは下着を押し上げ、染みをつくっていた。

「龍明もあの日のこと思い出してひとりでした？」

その質問には答えず、目を逸らす。

あの日から何度かひとりで処理をしたが、義務的だったそれが、いつの間にか千晴を思い浮かべるようになっていたなどと、口が裂けても言えるわけがない。

「……も、ということは、お前はしたのか」

龍明が訊き返すと、千晴はあっさりと頷いた。

「したよ、もちろん。だって、あのときの龍明、めっちゃエロかったんだもん。でも、今日のほうがもっとエロい」

「う、あ、」

千晴が首筋をべろりと舐め、自分の浴衣も邪魔だと言わんばかりに雑に脱ぎ捨てた。恐る恐る視線を遣った先には、千晴の反り返った性器があった。

ごくりと、今度は千晴が喉を鳴らす番だった。

一度見たはずのそれは、記憶よりも大きい気がした。先端部分は赤黒く、鈴口からはもう先走りが滲み出ている。一瞬だけ見るつもりだったのに、気づけば目が釘付《くぎづ》けになっていた。

「そんなにまじまじと見ないでよ。恥ずかしいじゃん」

「あ、すまない」

「ほら、龍明も」

そう促し、千晴が龍明の下着に手をかけた。するりと脚から引き抜かれ、同じように反り返った性器が顔を出す。それを、じっと千晴が見つめる。恥ずかしくなり、龍明は彼の目を手で塞いだ。

「お前だって見ているじゃないか」

「ごめんごめん。だって、龍明のこれ、綺麗なんだもん」

これ、と言いながら、千晴がそっとそこに触れた。

「あ……っ」

喉の奥から、甘えたような喘ぎが洩れた。それでますます、千晴の昂《たか》ぶりが膨らんでいく。幹には血管が浮き、陰嚢《いんのう》がぎゅっと持ち上がっている。これではすぐにでも射精しそうだ。触れてみたい、と思ったときには、既に触れていた。

どくどくと、心臓のように脈打っている。

「うっ、積極的だな、今日は。本当にどうしちゃったんだ」

困ったような、しかし気持ちよさそうな顔で、千晴が呟いた。

「私も人間だからな。性欲だってある」

「性欲だけ？」

からかうような口調に、龍明は不機嫌に目を眇めた。答えずに、千晴のそれを握り込む。もし、真面目な顔で訊かれていれば、答えていたかもしれない。

性欲だけではなく、お前に恋慕しているからだ、と。

だが、言わなくてよかったと思う。心の中でそう思うだけで、喉の奥が潰れそうなほど苦しいのだから。言ったらきっと、泣いてしまう。

千晴も龍明の昂ぶりをそっと握り、扱《しご》きだす。

はあはあとふたりの息遣いが、静かな部屋に響いた。そこだけでは物足りなくて、龍明は千晴に唇を寄せた。最初こそ驚いていたが、すぐに千晴はキスを受け入れると、舌を絡めてきた。

「ん、は……」

いつしかふたりの胸はぴたりとくっつき、前回のように千晴が性器をまとめて握り扱いていた。ふたりぶんの先走りで水音が激しくなり、耳までもが犯されていくようだった。

「龍明……っ」

苦しげに、千晴が呻いた。龍明もそろそろ限界だ。より一層千晴の手が激しく動き、キスも深くなる。このまま千晴に食べられてしまうのではないかと思うほど口内を蹂躙《じゅうりん》されるが、龍明はそれでも構わないと千晴の背中に手を回し、ぎゅっと抱きしめた。

「うっ」

「ああ……っ」

千晴がぶるっと身体を戦慄《わなな》かせ、龍明もほぼ同時に精を吐きだした。

倦怠《けんたい》感とともに、眠気が押し寄せてくる。

「千晴」

龍明の身体を清めてくれている彼の名前を、無意識に呼んでいた。

「何？」

先程まで雄の顔をしていたくせに、振り向いた千晴は、子犬のように愛らしかった。思わずふっと笑みが零れた。

「お前は可愛いな」

龍明のその言葉に、千晴が笑って眉を寄せた。

「どうしたの、本当に」

「なんでもない」

ふるふると、首を横に振る。

「俺からしたら、龍明のほうが可愛いけど」

そう言って、千晴が顔を近づけてくる。しっとりと唇を合わせ、すぐに離れていく。そして間近に龍明を見つめながら、言った。

「次はもっとすごいことしような」

「もっと？」

これ以上があるのかと首を傾げた龍明の尻を、千晴が撫でた。

「ここ、使うともっといいらしいよ。俺が勉強しとくから。龍明は覚悟をしておいて」

ようやく意図がわかった。

「馬鹿」

これでは、離れるのが嫌になる。次をしてみたくなる。

次など、もうないというのに。

「お疲れ様、龍明」

やさしい声で、千晴が言った。

眠気に足を摑まれ、沼の中に引きずり込まれていくような感覚の中、最後に勇気を振り絞って千晴の熱に触れてよかったと、龍明は心からそう思った。

隠岐から帰ってきてから、父に事の顚末《てんまつ》を説明し、千晴を正式に門蔵家の養子に迎えるよう進言した。父も凄腕の陰陽師が家系に増えるのは歓迎らしく、ふたつ返事で頷いた。そもそも元からそのつもりだったようだ。

満月の夜まで、あと三日と迫っていた。

もう会えなくなるのは、千晴だけではない。両親や有星とも、お別れだ。

死ぬ覚悟を決めた途端、以前よりも随分と心が穏やかになった気がする。家族で食卓を囲んでいるときに、龍明が笑顔を見せると、両親が驚いて箸を落としたほどだ。有星はもっと動揺して、龍明が病気にでもかかったのではないかと両親に相談していた。

挙句の果てには、千晴まで心配してきた。

「まさか、山上船主に憑《つ》かれてる、とかじゃないよな？」

食事のあと、千晴の部屋に入った途端、そう訊かれた。

「そんなんじゃない。視ても何もなかっただろう」

「じゃあ、俺のせい？」

障子を後ろ手に閉めると、千晴が質問を重ねた。

「そうかもな」

龍明が素直に頷いたのを見て、千晴はどうしてか悲しげに目尻と口角を下げた。

「なぜそんな顔をする」

もっと笑ったほうがいいと言ったのは、千晴ではないか。

「龍明、何か俺に隠してる？」

両肩を摑まれ、じっと見つめられる。目を逸らせば、肯定するのと同じだ。龍明は千晴を見つめ返し、「何もない」と短く答えた。

「そっか」

無理やり口角を上げ、千晴が手を離した。それから、龍明の顎を取って、キスをする。なんとなくされる気がしていたので、龍明は受け入れた。

そのとき、「にゃおん」と雲母の声がした。誰も見ていないと思ったのに、じとっとした目で咎めるように鳴かれ、千晴は慌てた様子で龍明から離れて弁明する。

「雲母、あの、これはさ、えっと、……わかるだろ？」

まるで浮気現場を目撃された旦那のような振る舞いに、龍明は思わず吹き出す。

「千晴、お前の未来に吉兆は出ているか」

なんとなく、龍明は訊いた。

少し前に、方違えではなく、占術も教えてやった。なお、千晴の場合は龍明のように実物の筮竹など使わず、頭に思い浮かべた筮竹を使う。

「え？　今？」

千晴は戸惑うように首を傾げたが、すぐに目を閉じた。そして数分ののち、目を開けて頷く。

「数日以内に少し悲しいことがあるけど、その先にもっといいことがあるみたいだ」

空色の瞳が、キラキラと輝いていた。

晴明が操作していないのなら、この占術の結果は本物だ。

「そうか」

龍明は微笑んで、それから少し泣きそうになる。

自分がいなくなっても、千晴は幸せになれそうなことが、嬉しい。ただ、自分が忘れられていくと思うと、複雑な気分になってしまった。

「明日は一コマ目からだから、私は早めに風呂に入って寝る。お前も夜更かしせずに寝ろよ」

早口にそう言い、龍明は部屋を出た。

「おやすみ、龍明」

「ああ」

扉を閉める前、雲母と目が合った。

雲母は「にゃうあうん」と長めに鳴いて、最後にふう、とため息をついた。キスシーンを見せてしまったから、説教でもされたのかもしれない。龍明は居た堪れない気持ちで廊下を歩いて自室へ向かった。

いつもより明るい満月だった。

空には雲ひとつなく、しかしそれが却って風情がないように見えるのは、龍明の心持ちが悪いせいだろうか。

風呂で身体を清めたあと、寝間着から狩衣に着替えると、龍明は部屋の大窓を開け、そこに面した縁側から大庭を眺めた。

いつも懐に忍ばせていた形代に霊力を込め、呪を唱える。

小鬼や白狼、鼬、ほかにも使役していた妖や鬼神たちをすべて呼び出し、不安そうにこちらを眺める識神たちに、言う。

「お前たちはこれから、私ではなく晴明様に仕えることになる。私よりも霊力を持っておられる御方だ。飢えることはないから、心配しなくてもいい。それと、これは私の個人的な頼みだが、晴明様に仕えることになっても、千晴のことを気にかけてやってくれ。まあ、どうでもいいというのなら、今のは聞き流してくれて構わない」

言い終えて、龍明ははっと自嘲した。今まで識神たちに大した情も持たず使役するだけしていたくせに、頼みごとをする自分が滑稽《こっけい》に思えたのだ。

「私は大馬鹿者だな。皆、今日まで私に仕えてくれたこと、感謝する」

頭を下げた龍明の姿に、識神たちが戸惑う気配がした。パチンッと指を鳴らし、彼らを異界に送り返す。白狼の親玉である汞だけが何か言いたそうだったが、龍明は聞かなかった。

両親と有星には、何も言っていない。自分の代わりに晴明が家族になるのだから、特に父は悲しまずにただ粛々とその事実を受け入れるはずだ。母も陰陽師の家系ならば、理解してくれるだろう。有星は泣くかもしれないが、兄のように慕っていた千晴がいるからきっと大丈夫だ。

千晴にも、特に何も話さなかった。いや、話せなかった。別れの言葉すら言わず、ただいつものように「おやすみ」と言ってキスをしただけだった。

彼の気持ちを確かめることもしていない。もしかしたら自分と同じ気持ちでいるのではと思うほど、情の籠もった視線を感じてはいたものの、訊けずじまいだった。大の男が、「私のことが好きなのか」などと、訊けるはずもなかった。

あの夜、布団をめくったのが龍明の精一杯だったのだ。

「そろそろか」

深夜二時。晴明が迎えにくるには、ちょうどいい時間帯だ。

縁側に胡坐《あぐら》をかき、背筋を伸ばしてそのときを待つ。

やがて、どこからかシャンシャンと鈴の音が聞こえてきた。はっとしていつの間にか閉じていた瞼を開けようとする。だが、妙に重くて、上がらない。

「龍明――……」

千晴の声が聞こえた気もしたが、龍明にはもうどうしようもない。声も発することができず、身動きも取れなかった。このまま晴明に身体を明け渡し、自分の意識は魂とともに消滅するのだろう。

——千晴。さようなら。

そう、覚悟したときだった。

急に瞼が軽くなったのを感じ、龍明は恐る恐る目を開けた。

先程まで夜だったのに、麗《うら》らかな陽射しが降り注いでいる。目の前にあるのは、桜や藤、牡丹《ぼたん》や躑躅など、季節を問わず様々な種類の花が咲き乱れる庭だった。一見すると手入れもしていないような雑然さだが、生命力が溢れ、それが美しく魅力的に思える。

「よう、龍明」

声をかけられ振り向けば、白い狩衣姿の晴明が立っていた。

「ここは？」

「俺の庭だ。趣があるだろう」

「なるほど、貴方の庭でしたか。どうりで」

その場にしゃがみ、牡丹を愛《め》でる。と、その陰から小鬼が飛び出してきた。龍明が驚くのを見て、きゃはは、と高い声を上げて逃げていく。

「家族には晴明様のことを話しておりません。私に成り代わったら、晴明様のほうからご説明ください」

膝の汚れを払い、立ち上がって、龍明は言った。

「千晴にもか」

「はい」

頷いて、龍明は晴明が自分を殺すのを待った。

だが、予想外にも、晴明はため息を吐いてその場にどかりと座り込んでしまった。

「お前、白虎に加護を貰っただろう」

晴明が胡乱げに訊いた。

「え？　ええ。結局使わずじまいでしたが」

そう答えた龍明だったが、晴明は「何を言っておるのだ」と呆れたように龍明の隣を扇で指した。

えっ、と指差れた先を見遣れば、そこにはなんと雲母が行儀よく座っていた。

「雲母、お前、どうしてここに」

「お前が加護で連れてきたのだろう。この空間は本来龍明しか入れないというのに。妙なことになってしまった」

困った困った、と晴明は扇を打ち鳴らす。

「それに、あやつだ」

「あやつ？」

誰のことだと首を捻ると、天のほうから声が降ってきた。

『龍明を返せ！　あほ！　人でなし！』

　千晴の声だった。

『晴明のくそ野郎！　バカ！　俺だったんじゃないのかよ！　龍明じゃなくて俺を連れてけよ！　龍明を死なせたら、絶対に許さないからな！　バカ！　あほ！』

　まるで小学生のような罵倒だ。語彙《ごい》力がなさすぎる。

「まったく……」

　龍明は呆れつつも、自分の声が震えているのに気づいた。目頭が熱くなり、思わず上を向く。

「千晴が成り代わりに気づいてしまったようだな。いや、お前の識神が教えたか。まあ、ああ見えて元々勘のいい男だったから、本来は自分がそうなることはなんとなく知っていたんだろう」

　晴明が喋っているあいだも、ずっと千晴の罵声が聞こえてきていた。

「しかし、これでは俺が悪者みたいではないか」

　鬱陶しそうに顔をしかめ、晴明が言った。

『悪者みたい、ではなく、悪者なのですよ』

　そう答えたのは、龍明ではない。足元のほうから声がした気がして視線を下ろすと、雲母が目を眇めて声明を見つめていた。喋ったのは、雲母らしい。

『泰山府君祭で誰も死なせずに蘇ると息巻いておきながら、結局は器がなくて龍明を犠牲にするとは、まったく、鬼才が聞いて呆れる』

雲母が言い、猫らしからぬため息を吐く。

「もしやお前、龍明の白虎の加護を横取りしたな？」

晴明が片眉をひょいと上げ、訊いた。

『きちんと白虎様には使っていいか伺いました。悪《あ》しからず』

「それで、なぜここへ来た」

千晴の罵声の中、ひとりと一匹は淡々と会話を続ける。龍明は意味がわからず、あいだに入ることもできなかった。

『交渉をしようと思いまして』

雲母がぺこりと首を垂れる。

「交渉だと？」

『ええ。見てのとおり、私は二十になる老猫です。霊力も溜めてきましたし、あと数年もすれば猫又にも成れるでしょう。ですが、最近は体調も悪く、目もだんだんと見えなくなってきました。おそらく、あと半年と保《も》ちますまい。ですから、千晴や龍明ではなく、私のこの身体をお使いいただきたいのです』

ふん、と晴明が鼻を鳴らした。

「俺に猫になれと？」

『左様でございます』

雲母は頷いて、ニッと口角を吊り上げた。

『存外猫はいいものですよ。飼い主がいるならなおのこと。だらだらと気ままに生きても食や寝床に困ることはない。人間ならばどんなに我儘《わがまま》に生きようと、多少の仕事や雑事があるでしょう。猫にはそれがないのです』

「ほほう」

晴明がない髭《ひげ》を撫でながら相槌を打った。

『愛嬌《あいきょう》すら振り撒かずともよい。ただそこにいるだけで、人間に癒しを与えるのですから。猫とはそういう生き物にございます』

「ほうほう。それから？」

『それから……、猫又になれば、方術も使えますし、食事も人間と同じものがとれますぞ！』

雲母は一瞬目を泳がせたが、さらに猫のメリットを挙げ連ねた。しかし晴明はニヤニヤとした口元を扇で隠しながら、再度「ほかには」と雲母に訊いた。

『ほかには、ほかには……』

困ったように髭を掻き、雲母が唸る。『バカ、あほ』と、千晴の罵声も続いている。しかしよく聞けば、先程までは晴明に向けてのものだったはずなのに、そこに龍明の名も増やされていた。

『龍明も龍明だ！　頑固者！　嘘つき！　次もあるって言ったのに！』

次など、約束した覚えはない。だが、千晴がそう望んでくれていることが、嬉しい。覚悟をしたはずなのに、後悔しそうになる。

「ええい、それにしても五月蠅《うるさ》いな、千晴は。しかも、生意気にもこちらに干渉しようとしておるわ。他人の位相に干渉するなど、思いついてもできるはずがないと諦めるのが世の常だろうよ」

晴明が心底嫌そうに天を見上げた。

『あれは龍明が還ってくるまで止みませんよ。そして、きっと成し遂げる』

雲母も天を見上げて仕方なさそうに言った。

「力を持った馬鹿ほど怖いものはなかろうて。……それで、本音は」

晴明が、雲母に訊いた。もう猫になるメリットはネタ切れなのを察したようだ。はあ、と雲母が肩を落とし、言う。

『千晴は私の弟です。千晴が生まれてからずっと、私が面倒を見てきたのです。あの子の両親が死んだときも、祖父母が死んだときも、あの子とふたりで乗り越えてきたのです。だから、そんな愛《いと》しいあの子が悲しむ結末を迎えてほしくない。これ以上あの子を悲しませたくない。だから、千晴から龍明を取り上げないでください。あの子がやっと見つけた番《つがい》なのです』

言い終えると、雲母は額を地面につけた。人間でいう土下座だ。

『どうか、どうか……』

小さな身体を震わせながら、雲母が繰り返す。それを見て、ぐっと胸が詰まった。

はあ、と晴明が長く息を吐いた。

「だが、肝心の龍明が俺に身体をくれると約束したのだ。死にそうになったところを助けたのだから、死んだも同然。俺には身体を貰い受ける資格があると思うが」

それに、『いいえ』と雲母が即座に首を振った。

『龍明には白虎の加護が残っていました。万が一山上船主が何かしようとも、死ぬことはあり得なかったのです。ですから、この契約は無効です。もちろん、千晴も死にかけていない』

「あ……」

そうだった、と龍明ははっと晴明に向き直る。彼は苦虫を嚙んだような顔で雲母を見ていた。それからパチン、と扇でこめかみを叩き、笑いだす。

「これはこれは、黒猫に一本取られたわ！」

『泰山府君祭も既に執り行われはじめている。このまま泰山府君に生贄を差し出さずこの空間を閉じてしまえば、また晴明様は千年の時をかけて子孫から生命力を奪わなければならなくなるでしょうね。それとも、信念を曲げ、子孫を犠牲にして我儘を突きとおしますか』

「ふむ。龍明はどうしたい？」

急に話を振られ、龍明は瞬きのあと、今も聞こえ続ける千晴の声に耳を傾けた。

門蔵家のためならば、いや、すべての陰陽師のためならば、ここで晴明に身体を差しだすのが正解だろう。千晴に出会うまでの自分に訊けば、すぐに是と返ってくるに違いなかった。偉大なる祖、安倍晴明のためならば、己を差しだすのは誉《ほまれ》だと。

だが、胸に手を当てると、心臓がばくばくと脈打っている。

生きたい、と叫んでいる。

『龍明!!』

晴明の位相空間の中なのに、千晴の温かな気配がする。

「私は、」

晴明を見つめ返す。彼はもう何もかもを見透かした顔で、微笑んでいた。捻くれてはいるものの、思ったよりも悪いひとではないのだと、そのときわかった。

「私は、千晴の元へ帰りたい。千晴とともに、生きていきたい」

生まれて初めての、龍明の強い願望だった。

「決まりだな」

晴明が頷いた。それから、彼は雲母を抱き上げた。そして鼻を擦りつけながら言う。

「お前はほんに狡猾な猫だ。最終的にはすべてがお前の思うままになった」

『おや、なんのことだか。私めは、千晴が幸せであればいいのです』

「勘違いするなよ。そこが気に入ったと言っておるのだ。愛《う》い愛い！　そも、俺とて自分の子らが不幸になるのを望むほど鬼畜ではあるまいよ」

ふたりの会話を聞きながら、龍明はだんだんと瞼が重くなるのを感じた。

「雲母、すまない。ありがとう」

龍明が最後に感謝を述べると、雲母は『お気になさらず』と言ったあと、にゃあと猫らしく一声鳴いた。千晴への言葉はないのかと思って訊こうとしたが、その前に意識は濁り、龍明は白い光の中へと堕ちていく――……

その途中、確かに覚えのある大きな手のひらが、龍明の腕を摑んだ気がした。

気づけば、見慣れた天井をぼうっと見上げていた。

「龍明！」

傍にいた千晴が、龍明が目を覚ましたことに気がついて、がばりと抱きついてくる。

「よかったぁ……！　ちゃんと戻ってこられて……っ」

その温《ぬく》もりに、匂いに、ほっとする。そしてふいに、泣きたくなった。

――ああ、自分はもうこんなにも……、

「……千晴のことを愛してしまっていたのだな」

最後の言葉はつい、口から零れていた。それが聞こえたのか、千晴がばっと身体を離して顔を覗き込んでくる。

「龍明、それ、ほんと!?」

驚きに見開かれた空色の瞳が、龍明と同じように泣きそうに潤んでいる。

「ああ」

千晴が愛しくて愛しくて、触れたくなった。離れていった千晴の身体を引き留めて、もう一度近づける。

「千晴」と名を呼んでキスをしようとしたが、「わあああ」と慌てふためいた千晴の手によって、そのキスは阻まれてしまった。どうしてだ、と龍明が不機嫌に眉間を寄せたとき、ゴホンッと咳払いが千晴の後ろから聞こえてきた。

「お前たち、いつの間にそんな関係になったんだ？」

ぎょっとして身体を起こせば、そこには両親と有星もいた。

「とっ、かっ、ゆ……!?」

父さん母さん、有星、と言ったつもりなのに、驚きと気まずさで言葉にならなかった。いつも冷静な龍明の動転に、母と有星が顔を見合わせ、それから笑いだす。父は渋い顔で目を瞑り、それから「うう……」とこれまた珍しく唸り声を上げた。

事の顚末を包み隠さず話すことになり、龍明が珍しく動揺していたため、千晴が代わりに説明をはじめる。龍明はそれに付け足す係だ。

千晴の才能、鬼女の一件、そして山上船主の討伐で起こった本当のこと。

晴明の千年にもわたる泰山府君祭の計画のこと。

「それで、真珠が汞から聞いたらしく、すぐ俺に『龍明が千晴の代わりに晴明様に身体を譲ろうとしてる』って伝えにきたんス」

「汞は納得してなさそうだったからな」

別れの挨拶をしたとき、何か言いたげだったのを思い出す。

「俺は、昔からなんとなくわかってたんスよ。早死にするんだろうなって。確信めいた予感っていうのかな。それがあって……」

己の手のひらを見つめながら、千晴が言った。

「それで、どうしてお前は還ってこられたんだ」

父が怖い顔で訊いてきた。やはり、晴明に身体を譲らなかったと言えば、怒られるだろうか。生に執着して、判断を誤ったと呆れられるだろうか。

「実は、雲母が……」

龍明が説明すると、父同様、千晴が顔をしかめた。雲母にとって千晴が弟だったように、千晴にとっても雲母は兄だった。悲しいのは当然だろう。

「雲母が、そんなことを……」

「すまない、千晴。私のせいで雲母が」

謝罪した龍明の肩に千晴が額をくっつけ、「龍明のせいじゃない」と震える声で言った。責める相手がおらず、どうしようもない感情を持て余しているようだった。

「それから、千晴が私を引き戻そうと晴明様の位相に干渉してくれていました」

「お、俺？」

本人は無自覚だったのだろう。千晴が驚いたように顔を上げ、目を瞬いた。

「ずっとお前の声が聞こえてきていた。そのおかげで晴明様が俺を器にするのを迷っていた。決定打は雲母に違いないが、お前の声がなければ私自身還るのを諦めていた」

だが、その雲母も千晴がいなければ身を賭してはくれなかっただろう。千晴にとって龍明が大切な人だからという理由で守ってくれたのだから。

「それが、これまでの顛末です」

「そうか」

話を聞き終えた父が、静かに頷いた。そして、おもむろに立ち上がったと思えば、龍明の頬を思いっきり引っ叩いた。覚悟はしていたが、喰らってみるとかなり痛い。

「これは、門蔵家の当主としてのけじめだ」

千晴が止めようとしたのを、龍明自身が制す。

「申し訳ございませんでした」

深く頭を下げ、畳に額を擦りつけて、龍明は謝罪した。しかし、すぐに父の手が背中に添えられた。やさしい手つきに、恐る恐る顔を上げると、父はほっと息を吐いた。何も言わないが、還ってきたことを怒ってはいないようだった。

「じゃあ、船主の討伐も死ぬ危険があったのね」

今までじっと話を聞いていた母が口を開き、涙を拭いながらため息をついた。昔から、龍明が無茶をすると自分の代わりに泣いてくれていた。今回もまた、久しぶりに泣かせてしまったと胸が痛くなる。

「自分を蔑《ないがし》ろにする子だとは思っていたけれど、ここまでだとは思わなかったわ。あなたが消えてしまっても、晴明様のためなら仕方ないと本気で私たちが納得すると思っていたのかしら」

「それは……」

思っていた。家族よりも使命のほうが大事だと。口籠もった龍明の頬に、父のときよりも強い衝撃が飛んできた。

「い……っ」

しかしそのあとすぐ、母の香りに包まれた。香水とは違う、焚《た》きしめた伽羅《きゃら》の匂いだ。

「納得するわけないじゃないの……っ。厳しく育てすぎたことを今とてつもなく後悔してるわ。千晴くんとのことだって、どうせ跡取りのことがあるからって諦めていたんでしょう？　諦めたから、死んでもいいと思ったんでしょう？」

「でも、当然のことで」

「死なれるより千晴くんとくっついてくれたほうがマシよ!!」

鬼気迫る声で母が叫んだ。

男同士では子は生せない。本心では納得できない。でも、それでも、という母の気持ちはひしひしと伝わってきた。ちらりと父を見遣ると、父も仕方なさそうに小さく頷いていた。

「恩人に無礼を働くことはしない。千晴くんを追い出したりしないから安心しろ」

厳格だと思っていた父のやさしさに触れ、目頭が熱くなる。

「もっとも、千晴くんの意思次第だが。龍明が門蔵の権力を振りかざして無理に迫っているとかではないんだな？　どうなんだ、千晴くん」

父の質問に、千晴がぶんぶんと勢いよく首を横に振って答える。

「そんなことないッス！　俺も、できれば龍明とずっと一緒にいたい」

「千晴……」

龍明が見つめると、千晴は眩《まぶ》しそうに目を眇めた。

門蔵家にしては穏やかな、そして甘酸っぱい空気が流れはじめたところで、有星がはっとしてきょろきょろと視線を動かしはじめた。

「その、肝心の晴明様はどこへ行ったんでしょう……？」

「そういえば……」

雲母の身体を貰い受けたというから、どこかには現界しているはずなのだが、見当たらない。方術で気配を探ろうとしても、屋敷の中にはいないようだった。

「ここにはいないようです」

龍明がそう報告したときだ。

『今の陰陽師はだらしがないなあ。俺の居場所すらわからんとは』

上のほうから声がして、全員が一斉に見上げると、精緻な細工の施された欄間に、黒猫が器用に収まっていた。

「雲母」

千晴が呼ぶが、黒猫はふるふると首を横に振った。よく見れば、尻尾が二又になっていた。

『我こそが安倍晴明よ。我が子孫たち』

皆慌てて姿勢を正し、首を垂れる。だが晴明は尻尾を揺らすと、『よいよい』と面倒くさそうに言った。

『俺はただの猫又になったのだ。礼を尽くさずともよい』

「そういうわけには参りません」

父が言うが、なおも晴明は引かなかった。欄間を降りると、千晴の膝の上でするりと丸くなる。

「晴明様、雲母は……っ」

雲母を乗っ取ってしまった晴明を叱責したいのに、姿形は雲母そのもので、千晴は責めるに責められない様子だった。複雑な面持ちで訊ねる千晴に、『怒るな怒るな』と晴明は大あくびをしてから説明を始めた。

『実はな、この黒猫に一杯喰わされてな。俺の魂は雲母と混ざってしまったのだ。寿命が近いから身体を譲るだのなんだの殊勝なことを言っておきながら、その実あと十年は寿命が残っていた。猫にすれば十年は長い。その余分どうするつもりかと泰山府君に問われ、雲母め、魂を混ぜてしまえばいいと言いおった。消えるつもりは最初からなかったというわけだ』

「えっ、じゃあ晴明様は雲母でもあるってこと？」

千晴がつい普段の癖で身体を撫でながら聞くと、晴明はごろにゃんと雲母のように身体をくねらせ、気持ちよさそうに目を閉じた。

『そういうことになる』

威厳も何もない姿に、父がため息を吐いた。

「そうだとしても、晴明様であることに変わりはない。皆、敬意を持って接するように」

『ほどほどでいいぞ』

腹を見せながら言う晴明に、「うん」と無邪気に頷いたのは千晴ひとりだった。


夜も明けきらぬ時間だったので、両親と有星は再び床に就いた。

有星は去り際、「両親がなんと言おうと、僕はふたりのこと応援してますからね！　跡取りのことも僕がなんとかします」と力強い言葉を残していった。あの気弱だった有星が両親に意見するなど、随分と逞《たくま》しくなったものだと龍明も目を瞠った。

龍明は狩衣姿のままだったのを絹の寝間着に着替え、そのあいだ千晴はじっと龍明を眺めながら待っていた。ふたりとも無言で、だが一時《いっとき》たりとも離れたくないと思っているのは同じなようだった。

『邪魔はせぬよ』

晴明が言い、煙のように姿を消したのを見送って、ふたりは手を繋いで離れへ向かった。遠くのほうでは、暁の光が空を青からオレンジのグラデーションに染め上げている。

「雲母、消えずに残ってよかったな」

龍明が言うと、千晴は「うん」と静かに頷いた。

「それから、呼びかけ続けてくれて助かった。本当は最期まで己の願望など押し込めておくつもりだったんだが」

「そんなこと言わないでよ」

悲しそうに、千晴が眉間にしわを寄せた。

「俺は、龍明が生きたいって願ってくれて嬉しかったよ。雲母も結果的に消えずに済んだ。猫又にだって成れた。晴明様だって復活した」

「そうだな。お前も早死にせずに済んだ。これ以上ないくらいのハッピーエンドだ」

過程はどうあれ、すべてが丸く収まった。それは、各々が諦めなかった結果だ。互いに救って救われて、今日という日に辿り着いた。

「そうそう。だからもう悪いことは考えないでいいんだよ」

千晴が頷いて、こつんとこめかみを龍明のつむじに押し当てた。その温かさに、胸の高鳴りが大きくなっていく。

「すべてが思い描いたとおりに進むと驕《おご》っていた過去よりも、思いどおりにならない今のほうがよほど幸せだとはな」

「うん」

千晴が頷いたのと同時に、部屋の前へと辿り着く。

中へ入り、縁側の障子をぴたりと閉めた途端、千晴は龍明を力強く抱きしめた。少しでも隙間を埋めようと激しい口づけをして、敷きっぱなしだった千晴の布団に雪崩《なだ》れ込む。先程までのゆったりと落ち着いた雰囲気はもはやない。

「龍明」

切なさの籠もった声で、千晴が呼んだ。

「俺のこと、愛してるってほんと？」

「私が思ってもいないことを言うとでも？」

「思わない。でも、夢みたいで」

「夢などであるものか」

着たばかりの寝間着を、千晴が性急に剝ぎ取っていく。大きな手が龍明の白い腹を撫で、平たい乳房を揉む。

「あ、く……っ」

乳首を摘《つま》まれ、龍明は堪えきれない喘ぎを洩らした。抱き合ったときから、千晴も興奮してその中心を硬くしているのはわかっていたが、龍明の声でさらに膨張したようだ。

「……お前は？」

甘えるように鼻先を擦り合わせながら、龍明は勇気を振り絞って訊いた。緊張していたせいで、声が震えた。

「言ってなかったっけ？」

意地悪く笑い、千晴がキスをする。

「聞いていない」

龍明が首を振って睨むと、こつんと額をぶつけられた。

「愛してるよ、龍明」

そう言われたときの気持ちを、龍明はなんと表せばいいかわからなかった。言葉では表現できず、無我夢中で千晴にキスをした。

「龍明が積極的なの、いいな。愛されてるって感じがする」

余裕ぶって笑いながら千晴は言うが、彼の下半身は言葉とは裏腹に相当切羽詰まっているようだった。龍明がぐっと太腿《ふともも》で刺激してやると、「うっ」と呻いて空色の目をギラつかせる。

「〝次〟はどんなことをしてくれるんだ？」

その問いに、千晴は雄の顔ではっと息を吐くと、着ていたTシャツを脱ぎはじめた。そしてそのまま下着まで下ろし、腹につきそうなほど反り返った性器を曝《さら》けだした。

「龍明も脱いで」

裸を晒すのは抵抗があったが、もう何度も見られている。龍明は唇を引き結んで、すべてを脱ぎ去った。

やはり、千晴の身体は羨ましいほどの筋肉がついていて、見惚《みと》れてしまう。いいな、と指で触れてからふと、他人を羨む感情を教えてくれたのは、千晴だったなと思い出した。今までの龍明は、自分こそが至高だと自負していたし、羨望を持つなどプライドが許さなかった。だが今は、素直に羨ましいと思える。

「あんまり可愛いことしないでよ」

千晴が掠《かす》れた声で言い、龍明に覆いかぶさる。キスをするのかと思いきや、千晴はずるずると下がっていき、龍明の勃《た》ち上がった性器をぱくりと口に入れてしまった。

「……っ、何を」

突然敏感な部分が粘膜に包まれ、驚きに身を竦める。だが、あまりの気持ちよさに、龍明はとろとろと先走りを零し、強請るように腰を浮かせた。

「あっ、ああ……っ」

初めての口淫に、耐性のない龍明はもう達してしまいそうになっていた。だが、その気配に気づくと、千晴はぱっと口を離した。

「え……」

物足りなさに千晴に視線を遣る。意地悪でしているのかと思ったが、彼は真剣な顔で、今度はさらに龍明の脚を大きく割り広げて持ち上げた。性器だけでなく、最奥の穴まで見られていることに、羞恥心が焼き切れそうだ。龍明は思わず千晴を蹴り飛ばしそうになるが、「動かないで」と千晴に言われ、動きを止めた。

「く……」

千晴は無意識に呪言を使ったらしかった。指一本動かせない。急におとなしくなった龍明を訝しみつつも、千晴は後ろの穴に舌を這《は》わせていく。

「……っ、あ、ふ」

汚いからやめろと言いたいのに、出るのはあえかな息だけだ。

千晴の舌がぬるりと縁をなぞり、襞《ひだ》を押し拡《ひろ》げて内部へと侵入していく。未知の感触に、快楽よりも恐怖が勝つ。

「ん、くっ、」

どれだけそうして舐《ねぶ》られていたのだろう。今度は舌だけでなく、指も中へと入ってくる。が、千晴の唾液でとろとろに溶かされたそこは、すんなりと異物を受け入れた。出入りするたびに、水音がにちゃにちゃと鳴り、龍明の羞恥心を煽《あお》った。

「大丈夫？」

龍明が何も言わないのをさすがに不思議に思って、二本目の指を突き刺したところでようやく千晴が訊いた。だが、呪言で縛られていて答えられない。そこでようやく自分の失態に気づき、千晴は慌てて呪言を解いた。

「ご、ごめん！　まさか霊力を込めちゃってたとは」

「ん、いい」

むしろ、気づかれないほうがよかったかもしれない。動かないでいるのを呪言のせいにできたのに、解かれてしまっては、もう言い訳ができなくなる。きっと龍明は、もう呪言がなくとも千晴に身体を明け渡してしまえる。好きにしてほしい、もっと触れてほしいと言いそうになってしまう。そんなのは、キャラではなさすぎてあまりに恥ずかしい。

だが、龍明が素直になれないことは千晴も重々承知のようで、開いた脚を閉じないのが承諾の証だと捉え、さらに指を増やして龍明の蕾《つぼみ》を柔らかく溶かしていく。

「ん、ふ……、うっ」

「ごめん、もう少しだと思うから」

気遣うように千晴が言う。本当は千晴も早く気持ちよくなりたいだろうに。その証拠に、千晴の昂ぶりは先程からひくひくと揺れている。血管も浮き出て、興奮は限界に近そうだった。

「千晴、もういい」

「でも」

「いい」

多少痛くとも、構わない。それよりも早くひとつになりたい。健気《けなげ》に待っているあの巨塊を、満たしてやりたい。そう思った。

その決意が伝わったのか、千晴が頷いて、自身をそっと龍明の蕩《とろ》けた穴に宛がった。

「痛かったらごめん」

「いいと言っているだろう。私は、お前にもよくなってもらいたいんだ」

行儀悪く千晴の背中に脚を絡め、龍明は彼の腰をぐっと抱き寄せた。

「う……っ」

先端がぐぷりと押し込まれ、千晴が気持ちよさそうに喘いだ。思ったよりも痛みはない。千晴が丹念に解《ほぐ》しておいてくれたおかげだろう。

「大丈夫？」とまた千晴が訊き、龍明の顔色を窺った。

「大丈夫だ。もっと奥へ来い」

まだ先端しか入っていない。もっともっと奥で千晴を感じたい。

「煽らないでくれよ。我慢してるんだから」

つらそうな声で千晴が言った。額には汗が滲んでいる。

「我慢しなくてもいいというのに」

「龍明にとって、いい思い出にしてほしいんだよ。これが俺たちの初めてなんだから」

頬に手が添えられ、愛おしそうに空色の目が細められた。間近に迫った千晴の顔に、龍明も手を遣った。

その温かさに、涙が出る。

「死ななくてよかった」

千晴が、そして自分が。

生きているから、こうして触れ合える。

「好きだよ、龍明」

やさしく唇を啄《ついば》まれ、龍明は千晴の頭を掻き抱いた。その拍子に、千晴の熱い昂ぶりもより深くへと入ってくる。

「あっ、う……っ」

痛みだけではない何かが、繋がったところから湧き出てくる。これが快楽なのだと、ゆっくりと染み込ませるように千晴に教えられる。彼が出入りするたび、切なさと疼《うず》きが増していく。

「龍明」

キスの激しさとともに、千晴の動きもだんだんと速くなり、やがてふたりとも隙間なく抱き合うと、見つめ合ったまま達していた。視界の中を、星が舞う。ふたり分の大きな呼吸音が部屋に響き、それが落ちつく頃には、いつの間にか外はすっかり明るくなっていた。

こんなに疲れたのはいつ以来だろうと思うほど、激しい交わりだった気がする。

千晴が龍明の胸に倒れ込み、互いの胸の音が聞こえてきた。

「お前は、どうして私を好きになったんだ」

精を吐きだして冷静になった頭で考えると、どうにも気になって龍明は訊いた。今さら疑うつもりはないが、なぜ、と疑問に思ってしまうのは仕方がないことだった。龍明は気位が高く、傲慢で、いいところなど千晴に見せた覚えはなかったからだ。振り返ってみれば、好きになる要素などない気がした。

「可愛いところがいっぱいあるのに、本人が気づいてないから。あと、一生懸命で健気で、不器用だけどやさしいいし、面倒見もいい。顔も好きだし、それから、」

「もういい」

臆面もなく千晴が並べ立てるので、龍明は赤くなって口を塞いだ。その手を退《ど》けて、千晴も訊く。

「俺だって知りたいんだけど。龍明は俺のどこが好き？」

その質問に、龍明は目を逸らして、一言で答える。

「馬鹿なところだ」

「バ……？」

心外そうに千晴が顔をしかめる。

「ああ。馬鹿で、苛々させられて、強引に私の心に踏み入ってきて、だから、好きになった」

千晴にいろいろな感情を揺さぶられ、気づけば好きになっていた。その感情の動きなど、いちいち説明できるはずもない。

「心なんて、ままならない。ただ好きなんだから、理由はどうでもいいだろう」

これ以上語るのも恥ずかしく、ぶっきらぼうにそう言い捨てると、千晴はキスをしてから同意した。

「それもそうか」

ふわあっと千晴があくびをした。それに釣られ、龍明もあくびをした。そろそろ家族が起きてくる。それまでに身体を清めて、平然とした顔に戻らなければ。

「これから大変になりそうだな～。俺と龍明のことも天道さんたちは本心では納得してなさそうだったし」

「そうだな」

気怠《けだる》い身体に鞭《むち》打って、起き上がる。説得には時間がかかるだろうが、龍明はもう千晴を手放せそうにない。だったら、両親に心から納得してもらうほかない。

「天道さんは説得するしかないけど、一族の皆さんとのしがらみとかは……、まあ、晴明様と雲母に任せればいっか」

千晴のあっけらかんとした提案に、龍明は声を立てて笑った。

「それもそうだ。あの方が復活されたことのほうが、私たちのことよりもよっぽど大事だ」

何かあれば、全部晴明に丸投げしよう。無責任なことを考えてから、千晴の思考に似てきたな、と可笑しくなる。

「まあ、何があっても、何とかなるっしょ、俺たちなら」

千晴も笑って、龍明の肩を抱く。

そのとき、いつからそこにいたのか、黒猫が部屋の隅で「にゃうあん」と鳴いた。その顔があまりに不満げで、ふたりは顔を見合わせ、ごほごほと誤魔化すように咳払いをした。

あとがき

はじめましての方ははじめまして、お久しぶりな方はお久しぶりです、寺崎《てらさき》昴《すばる》です。このたびは拙作をお手に取っていただきありがとうございます。

今回は現代ファンタジー、しかも陰陽師《おんみょうじ》モノでしたがいかがだったでしょうか。天才×天才の組み合わせが大好物なので、書いていてとても楽しかったです。お気に入りの妖は蛙のガンちゃんです。実は猫のほかに蛙が大好きな寺崎は庭に来る手のひら大のアオガエルを毎年愛でております。

それから、イラストを担当してくださった笠井《かさい》あゆみ先生にお礼を。再びタッグを組めて大変光栄に存じます。今回も素敵なイラストをありがとうございました！

そして編集部様（担当M様）、この本に関わってくださったすべての方々に感謝します。支えてくれた家族、親友、愛猫たちにはより一層の感謝を。読んでくださったあなたには最大級の感謝と尊敬と祝福を。

お手紙やX（旧Twitter）などで感想をいただけると光栄です。ではまたどこかで。

令和六年九月　寺崎　昴

リンクスロマンスノベル

ままならない陰陽師　希代の天才と狐憑き

2024年9月30日 第1刷発行

著者　寺崎《てらさき》 昴《すばる》

イラスト　笠井《かさい》あゆみ

発行人　石原正康

発行元　株式会社 幻冬舎コミックス
〒151-0051 東京都渋谷区千駄ヶ谷4-9-7
電話03（5411）6431（編集）

発売元　株式会社 幻冬舎
〒151-0051 東京都渋谷区千駄ヶ谷4-9-7
電話03（5411）6222（営業）
振替00120-8-767643

デザイン　kotoyo design

印刷・製本所　株式会社 光邦

検印廃止

幻冬舎コミックスホームページ https://www.gentosha-comics.net